報いられたもの
働き手

W.S.Maugham
モーム
行方昭夫 訳

講談社文芸文庫

目次

報いられたもの　五
働き手　一三五
解説　行方昭夫　二七〇
年譜　行方昭夫　二九〇

報いられたもの

三幕の劇

登場人物

レナード・アーズレイ
シャーロット・アーズレイ、その妻
シドニー・アーズレイ、その長男
イーヴァ、その長女で未婚
ロイス、その三女で未婚
エセル・バートレット、その次女で既婚
ハワード・バートレット、その夫
コリー・ストラットン、元英国海軍艦長
ウィルフレッド・シダー
グウェン、その妻
プレンティス医師、アーズレイ夫人の弟
ガートルード、メード

第一幕

場面 アーズレイ家の裏手のテラス。家の中からフランス窓を開ければテラスに出られ、さらにそこから庭まで通じている。

レナード・アーズレイはランブルトンでたった一人の弁護士で、家は村の大通りに面していて、その一部が弁護士事務所として使われている。

お茶の支度ができている。九月の暖かい午後五時。

アーズレイ夫人が椅子に座ってナプキンの縁かがりをしている。ほっそりした白髪の婦人で、六十歳は越えている。厳しい表情だが目は優しい。地味な服装。メードがお茶を運んでくる。

アーズレイ夫人 もうお茶の時間なの？
ガートルード 教会の時計が鳴っているところです。
アーズレイ夫人 （椅子から立ち上がり、縫い物を脇におく）テニスコートに行って、お茶の支度ができたと言ってきてください。
ガートルード 畏まりました、奥様。
アーズレイ夫人 シドニーには言ったの？

ガートルード　はい、奥様。
（メードは庭に出て行く。アーズレイ夫人は自分で運べる椅子を二、三脚テーブルまで移動させる。シドニーが家の中から登場。どっしりした男で、大きな顔は肉付きがよい。四十歳に近い。盲目で杖をついているが、部屋の様子は熟知していて自由に動ける）
アーズレイ夫人　あなた、どこに座りたい？
シドニー　どこでもいいよ。（テーブルの側の椅子にどしんと座り、杖をおく）
アーズレイ夫人　今日の午後はずっと何をしていたの？
シドニー　特に何も。少しだけ編み物をしたな。
アーズレイ夫人　エセルが来ているのよ。ハワードがスタンベリからの帰りにここに寄って一緒に帰るつもりなの。家畜市場に行ってきたのね。
シドニー　ハワードの奴、おそらくぐでんぐでんに酔っているだろうな。
アーズレイ夫人　まあ何ていうことを！
シドニー　（皮肉な微笑を浮かべて）お母さん、隠したってしょうがないよ。彼が酔っ払いだというのを僕らが知らないと、エセルは本気で思っているのかな？
アーズレイ夫人　あの子はプライドが高いからね。自分が結婚に失敗したのを認めないのよ。
シドニー　そもそもハワードのどこにエセルが惹かれたのか、僕には、いくら考えたって分からないんだがなあ。

アーズレイ夫人 あの頃は何もかも今とは違っていましたからね。ハワードの将校の制服姿は素敵だったのよ。

シドニー お母さんとお父さんが、もっと反対すればよかったのに！

アーズレイ夫人 エセルもハワードもお互いに惚れ込んでいたわ。それに戦争中は、相手の男が小作人だからっていうので結婚に反対するのは、俗物すぎると思えたのよ。

シドニー 戦争が永遠に続くとでも思っていたわけ？

アーズレイ夫人 いいえ、そうは思わなかったけどね。でも戦争が終わったら、世の中、すべてが変わってしまうだろうとは思っていたわ。

シドニー いやあ、考えてみるとおかしな話だなあ。だって、すべてが戦前と同じで変わっていないんだものね。もちろん、誰も彼もが貧乏になったし、何十万という人が、僕と同じように、まともな人生を送る機会を奪われたというのは事実だけど。（アーズレイ夫人は溜息をつき、悲しそうな顔をする。シドニーは皮肉に笑う）お母さん、元気を出すんですよ。息子が戦功十字勲章をもらい、殊勲者報告書に載る英雄なのだと思って、自分を慰めてくださいよ。僕が御国に尽くさなかったなんて、誰にも言わせるものか。

アーズレイ夫人 皆さん、こちらへ来るわ。

（グウェン・シダーとエセル・バートレットが庭から入る。エセル・バートレットはアーズレイ夫人の次女で、三十五歳の美人。整った目鼻立ちで綺麗な目をしている。グゥエン・シダーは五十歳で、厚化粧で髪を染めている。年齢にふさわしくない服装。必死で自分を若く見せようと焦る女性ならではの不自然な派手さがある）

エセル　他の人たちは試合が終わってから来るわ。シドニー兄さん、こんにちは。

シドニー　こんにちは。

グゥエン　（シドニーと握手しながら）シドニーさん、ご機嫌いかが？　とてもお元気そうよ。

シドニー　まあ元気にしていますよ、お蔭様で。

グゥエン　とてもお忙しいのでしょ？　あなたには本当に感心するわ。

アーズレイ夫人　（話題を変えようとして）さあ、奥様、お茶をどうぞ召し上がれ。

グゥエン　偉いと思うわ。よほど精神力がおありなのよね。

シドニー　（にやっとして）鉄の意志ですな。

グゥエン　去年の春、あたし、病気になって、暗い病室に一週間入れられていたんだけど、とても我慢できなかったわ。でもシドニーさんの苦しみに較べれば、こんなのたいしたことないって自分に言い聞かせましたよ。

シドニー　おっしゃる通り！

アーズレイ夫人　お砂糖は一つ？

グウエン　いいえ、砂糖抜きよ。あたしには毎日が断食月。（またシドニーに付きまとって）あなたがどうやって時間をやりすごすのか、あたしには不思議でならないわ。

シドニー　奥様のようなチャーミングなご婦人がみな親切にしてくださるし、姉妹がチェスの相手をしてくれます。読書で教養をつけていますし。

グウエン　点字で読むのね。あたしも読書は大好き。日に一冊、小説読んでいるのよ。もっともあたしの頭は穴のあいたバケツみたい。小説を最後の頁まで読み終えて、それでも前に読んだって気づかないことがよくあるわ。そんな時、うんと腹が立つ。すごい時間の無駄遣いですもの。

シドニー　エセル、農場はうまく行っている？

エセル　晴天続きで助かっているわ。

グウエン　農場暮らしって、面白そうね。バターを作るとか、そういうのって。

エセル　朝から晩までずっと仕事しているのですよ。面白いかどうか、そんなこと考える余裕はありません。

グウエン　でもまさかご自分で実際の作業をなさるというわけではないでしょう？　人にやらせていないのなら、あなた、手のお手入れはどうなさるの？

エセル　（苦笑して自分の手をちらっと見ながら）何にもしませんわ。

アーズレイ夫人　みんなが来ました。

（今までテニスをしていた男性二人、女性二人が登場。男性はウィルフレッド・シダーとコリー・ストラットンである。ウィルフレッド・シダーはでっぷりした中年男だが、赤ら顔で白髪のちぢれ毛。まだまだ元気である。逞しく、陽気で、女好き。人生を楽しもうと意気軒昂である。コリー・ストラットンは三十五と四十の間の年齢。元海軍将校で、完全に大人になりきっていない男に特有の少年のような態度が見られる。感じの良い率直な顔付きである。イーヴァはアーズレイ夫人の長女で三十九歳。ほっそりしていて、少しやつれた様子。控え目でおとなしいけれど、今の自分に満足しているようには見えない。穏やかな外観の下に、いらだちが見え隠れする。ロイスは末娘。二十六歳だが、田舎ののんびりした雰囲気で育ったため、若さを保っていて、せいぜい二十歳にしかみえない。明朗で気取りがない。青い目に形の良い鼻で美人だが、それ以上に魅力的なのは、はちきれんばかりの活発さである）

ロイス　お茶、お茶、頂戴！

ウィルフレッド　ああ、コートをあちこち走らされてくたびれた。やあ、シドニー君、こんにちは。

アーズレイ夫人　どういう組み合わせだったのですか？

ウィルフレッド　こっちはわたしとロイスで、向こうはイーヴァさんとコリー君。

イーヴァ　もちろん、ウィルフレッドさんは別格にうまいわ。

コリー さっきのフォーハンドのドライブ、あれは強烈でしたよ。
ウィルフレッド 年季が入っていますからね。リビエラでトーナメントに出場した経験もあるんだから。
グウエン もちろん、シングルでは年齢的に無理だけど、数年前にはカンヌでダブルスの最優秀選手になったことがあるんですよ。
ウィルフレッド （あまり喜ばず）数年前に比べて、腕が落ちたとは思わんがね。
グウエン 昔みたいにコートを駆け回ることができないじゃありませんか！ もちろん、若いときと同じように駆け回るなんて愚かしいけど。
ウィルフレッド 妻はわたしが百歳になったようなことをいつも言うのです。女の年齢は容貌で決まるが、男の年齢は気持で決まる。
シドニー あれ、前にどこかで聞いたせりふですね。
アーズレイ夫人 （ウィルフレッドに）お茶にはミルク入れますか？
ロイス ねえ、お母さん、男の人はビールか何かのほうがいいのじゃあない？
ウィルフレッド 気がきくお嬢さんだな。
アーズレイ夫人 何になさる？
ウィルフレッド そうですな、わたしはビールを頂ければ有難い。コリー君、あなたは何にしますか？

コリー　僕もビールがいいです。
イーヴァ　ガートルードに言ってきます。
アーズレイ夫人（行きかけたイーヴァに）お父様に、もしお茶を召し上がるのなら、どうぞとお伝えして。
イーヴァ　はい。（退場）
ウィルフレッド　家の中に事務所があるのはご主人にはすごく便利ですなあ。
ロイス　お父様だけが使えるドアがあって、お客様に見られないで抜け出せるのよ。
グウエン　イーヴァさん、疲れていらっしゃるようね。
アーズレイ夫人　最近いらいらしているようでね。叔父さんに診てもらうように言ったのですけど、あの子、きかないのです。
グウエン　婚約者が戦死なさったのはお気の毒でしたね。
アーズレイ夫人　ええ、二人はとても愛し合っていましたから。
グウエン　その後、好きな人が見つからなかったのは残念ですわね。
アーズレイ夫人　こんな土地にいたのでは、期待しても無理なのですよ。戦争が終わるまでに若い男性はほとんど皆いなくなってしまっていましたからね。一方女の子はどんどん年を重ねてゆくし。
グウエン　でも誰かいたって聞きましたよ。

アーズレイ夫人 あまり適当な相手ではなかったのです。たしかプロポーズされたけど、あの子が断ったのです。
グウエン 身分違いだったと聞きましたわ。階級の違う人との結婚は誤りね。うまく行くわけがないもの。（エセルは身分の下の男性と結婚したので、まずい発言をしてしまった）
ロイス そんなの、バカバカしい言い草だわ。今どきそんなことが問題になるなんて、おかしいわ。大事なのは階級でなく、人物よ。
グウエン （自分がまずい発言をしたとやっと気づき、エセルをちらと見て、言い繕おうとする）もちろん、そうよ。わたしはそんなこと言ったのじゃあありません。最近は誰もがお店を持ったり、養鶏場をやったりしているじゃないの。紳士でありさえすれば、職業は何でもよろしいのよ。
コリー そう伺って安心しました。僕は自動車の修理工場を経営していますからね。
グウエン ええ、わたしの言うのはそのことよ。修理工場をやっていらしたって、少しも構わない。あなたは海軍将校だったし、駆逐艦の艦長もなさったのでしょう?
シドニー それに殊勲賞だのフランスのレジョン・ドヌール勲章まで受けたのですよ。
ウィルフレッド 実際の話、海軍を除隊したとき、どうして自動車関連の仕事を始めたのですか?
コリー とにかく何かをやる必要があったわけでしてね。僕は機械いじりが得意だったから、というその程度の理由でした。ほら、除隊時に特別手当をもらいましたでしょ。どこかに投資すればよかったので、他の仕事でもよかったのです。
ウィルフレッド　バス関連でかなり儲かっているでしょうな。
コリー　でも経費が掛かりましてね。
（ガートルードがビールのジョッキを二つ盆にのせて運んでくる）
ウィルフレッド　あっ、飲みたかったものが来ましたぞ。（ジョッキの一つを取り、ぐいっと一気に飲む。イーヴァが戻ってくる）
イーヴァ　お父様はすぐいらっしゃるわ。コリー、父があなたと会いたいそうよ。
コリー　そうですか。
ウィルフレッド　これは気をつけないといかんですよ、コリー君。弁護士が会いたいと言う場合、不愉快なことを言わねばならないことが多いですから。
ロイス　急いでビールを飲んでしまってくださいな。もうワン・セット、プレーして、イーヴァとコリーにリベンジの機会を与えなくてはならないから。ぐずぐずしていると暗くなるわ。
グウエン　あなた、まだプレーする気なの？　もう帰ったほうが良いのじゃあないかしら。
ウィルフレッド　急ぐことなど何もない。君は車で先に帰っていい。もうワン・セットやったらわたしは歩いて帰るから。

グウェン　あなたが帰らないのなら、待ちますよ。

ウィルフレッド　（いらだちを冗談で隠して）こんどだけは、君の目を盗んで悪さなどしないから心配無用だよ。わたしは品行方正にしているから。（夫婦間で視線が交わされる。彼女は溜息を抑えて明るく微笑する）

グウェン　そうすればいいわ。歩いて帰れば、スタイルが良くなるでしょうよ。（アーズレイ夫人のほうを向いて別れの挨拶をする）

アーズレイ夫人　ドアまでご一緒しましょう。（二人が退場）

シドニー　イーヴァ姉さん、僕の杖はどこ？（彼女は杖を手渡し、彼は立ち上がる）コートまでふらふら歩いて行って、試合の様子を見物しようかな。

エセル　わたしが一緒に行くわ。

イーヴァ　お父様のためにお茶を淹《い》れ替えたほうが良いと思うわ。

ロイス　でも、姉さん、急いでね。暗くなってしまうもの。

イーヴァ　すぐ戻るわよ。（家の中に入る）

ロイス　イーヴァ姉さんがいなかったら、この家はもたないわね。

シドニー　姉さんだって、僕らがいなかったら困るよ。犠牲を払うためにはね、犠牲を払ってもらう人が必要だから。

ウィルフレッド　シドニー君って辛辣《しんらつ》なことを言うのですね。

ロイス　（微笑を浮かべて）感謝の気持がないしね。

シドニー　いやあ、そんなことあるものか。世話する病人がいるのは、姉さんには大きな喜びだ。仮に、魔法で僕の目が見えるようにできるとしても、果たして、姉さんは魔法をかけるだろうか？　絶対にそれはないよ！　生まれつき聖人になると定まっている人なんだから、僕の世話をして聖人の王冠を得る機会があるのは幸運だよ。

エセル　（くすくす笑って）さあ、腕をかして。

シドニー　（コックニー訛《なま》りで）目が見えねえ哀れな者に小銭を恵んでくだせえまし。（二人退場）

ロイス　さっきのボール探しに行ってくるわ。どこにあるか、大体見当がついているから。

ウィルフレッド　わたしが怠け者でなければ、手伝うところだが。

ロイス　いいえ、ここにいらして。大きな足で花壇を踏み荒らされたら困りますもの。

ウィルフレッド　変な言いがかりだな。わたしの体型で、これほど足の小さい男はいないと自惚れていたんだが。

ロイス　そんなことで自惚れていたなんて、遠慮深いのね。他に誇ることがおありなのに。イーヴァ姉さんが戻ったら、大声で知らせてくださいね。（庭に行く）

ウィルフレッド　顔立ちのいい子ですな、性質もいいし。その上、頭もいい。
コリー　おまけにテニスもうまい。
ウィルフレッド　どこかの男に今までさらわれなかったのが不思議だ。わたしが若くて独身なら躊躇《ちゅうちょ》しませんよ。
コリー　可哀そうに、この土地ではチャンスがありませんよ。ここじゃあ、ロイスさんにふさわしい男なんて一人もいませんよ。
ウィルフレッド　あなた自身はどうですか？　彼女にプロポーズしてみる気はないのですかな？
コリー　僕は十五歳は年長だし、それに一文無しですからね。そんな気はありませんよ。
ウィルフレッド　（いたずらっぽく相手を見て）へえ、そうですかねえ。
コリー　どうしてそんなこと尋ねるのですか？
ウィルフレッド　彼女は良い子だから、よい縁があればと思っただけです。
コリー　実は、あの、あなたにお願いがあるんですが。聞いてくださいますか？
ウィルフレッド　ええ、もちろん。で、何でしょう？
コリー　実は、今金に困っていましてね。
ウィルフレッド　それはいけない。どういうことです？
コリー　近頃景気が悪くて困っているのです。

ウィルフレッド　景気が悪いのには気づいていますよ。いつ上向きに変わるのか、これが不明ですな。わたし自身は、まだ景気が良いときに引退して幸せでした。
コリー　そうでしょうね。
ウィルフレッド　引退するなんて愚かしい、と誰もが言いました。でもわたしは、今後は景気が悪くなると勘で分かったのです。もうずっと働き続けてきたし、ひと財産できた。額に汗して働くのはおしまい、これからはゆったり紳士らしく生きて行こう、そう決めたのです。持ち株全部を、一番高い時に手放しました。不景気になる直前のことです。
コリー　運がよかったですね。
ウィルフレッド　運とは違う。賢明だったのです。
コリー　あのですね。こんなことをお願いするのは申し訳ないのですが、丁度今ひどく金繰りが悪い状態なのです。少々用立てていただけませんか？
ウィルフレッド　（愛想よく）結構ですとも。喜んで、友人には用立てますよ。で、いくら必要なのですか？
コリー　ご親切に、有難うございます。二百ポンド貸していただけますでしょうか？
ウィルフレッド　え、そんな大金なのですか！　せいぜい十ポンドくらいのことかと思っていた。二百ポンドでは話が変わってきます。
コリー　あなたにとってはたいした額ではないでしょう？

ウィルフレッド　わたしだって金の生る木《な》じゃあない。投資物件は、他の人と同じで、皆値下がりしました。本当に、自分が要るものを買う金しかない。
コリー　にっちもさっちも行かない状況なのです。
ウィルフレッド　どうして銀行に行かないのですか？
コリー　もう超過引出しになっていまして。一文も貸してくれません。
ウィルフレッド　でも担保は何もないのですか？
コリー　認めてもらえるような担保はありません。
ウィルフレッド　では、たとえわたしが貸そうにも担保がないのですか！
コリー　名誉にかけて、できるだけ早く返済致します。
ウィルフレッド　コリー君、あなたはとても良い人だし、殊勲賞やレジョン・ドヌール勲章をお持ちだ。でもねえ、いいですか、貸与となると話は別ですよ！
コリー　お付き合いして半年になりますね。わたしが正直だと、お分かりじゃありませんか。
ウィルフレッド　妻の健康上の理由で、ここへ来て家具付きの家を借りたのですが、あなたが海軍将校だったと聞き、ガソリン、タイヤ、修理などあなたの工場を使ってあげようと思いましたよ。海軍を首になった人は大変だろうと理解していましたから。これまで支払いはいつもきちんと済ませてきたでしょ？

コリー　こちらもサービスを心がけました。
ウィルフレッド　たしかにそうですな。工場が儲からなかったのは気の毒です。商売のことが分かっていれば、この辺鄙《へんぴ》な土地で自動車の修理工場を経営するのは無理だと気づいたでしょう。いずれにせよ、あなたに二百ポンド進呈する義務はわたしにはないと思いますよ。
コリー　貸して頂くだけです。
ウィルフレッド　同じことですよ。これまで何十人もの人に金を貸しましたが、返してもらったことはありません。貸すにしたってともかくそんな大金は無理ですよ。
コリー　わたしが恐縮しているのはお分かりですね。こんなお願いをするのは自分でも望まないのです。ただ、生きるか死ぬかの瀬戸際に来たものですから。
ウィルフレッド　お気の毒だとは思っているのですがね。この件、どうしても無理です……さて、ロイスはもうボールを見つけたかな。（立ち上がって庭に行く。コリーは悄然《しょうぜん》と椅子に座りこむ。少ししてイーヴァがティーポットを持って登場）
イーヴァ　どうしたのです？　ひどく気落ちしたようだわ。
コリー　（気を取り直そうとして）ごめんなさい。
イーヴァ　テニスだけど、わたしたちを待っているのかしら？
コリー　（溜息を洩らしつつ）そうだと思います。

イーヴァ　ねえ、どうなさったの？　お話しして頂戴。
コリー　（無理に笑って）お話ししても、関心を持てないでしょうから。
イーヴァ　どうしてそんなことおっしゃるの？　ご存じでしょう？　あなたのことなら何でも、わたしは関心があるって。
コリー　ご親切に感謝しています。
イーヴァ　わたしって、控え目すぎるかもしれません。自分の感情をうまく表現できないのよ。でも、あなたにわたしを友人だと思って欲しいの。
コリー　そう思っています。
イーヴァ　だったら、打ち明けてください。もしかしたら、お力になれるかもしれませんもの。
コリー　無理だと思いますよ。それに僕の問題を心配して頂くには、あなたご自身が問題を抱えていらっしゃいますよ。
イーヴァ　弟の世話のこと？　問題とは思っていませんわ。可哀そうなシドニーに尽くせるのは嬉しいのです。戦争でひどい目に遭ったのを思うと、わたしが犠牲をはらうぐらい、当然ですもの。
コリー　あなたは本当によくなさっていらっしゃいます。
イーヴァ　シドニーが戦地から戻ったとき、エセルは結婚していたし、ロイスは子供だったし、母は病身でした。わたしは弟の面倒をみることで、テッドの死に耐えることができました。
コリー　婚約していた人ですね。
イーヴァ　そうです。テッドの戦死でわたしはとても不幸でした。ノイローゼになり、生きているのが嫌になりました。でも自殺っていけないことでしょ。与えられた命を大事にするのが人の道ですものね。
コリー　（やや漠然と）時間が経てば、何でも乗りこえてゆけるものですね。
イーヴァ　乗りこえられれば、幸運だと思うべきでしょうね。それから、わたし思うのですけど、女は結婚すべきですね。自分の家庭を持ち、子供の世話をするというのは女の務めでしょう。
コリー　そうでしょうね。（一瞬の沈黙）
イーヴァ　コリー、あなたがどうして結婚なさらなかったのか不思議に思えるわ。
コリー　（にこりとして）そんな資格に欠けていましたからね。
イーヴァ　ああ、お金のことですか？　お金なんて問題ではありません。賢い女なら僅かなお金で切り盛りできます。（陽気な口調で）近所を探って、あなたに合う人を見つけなくてはね。
コリー　僕はもう年を取りすぎていますよ。

イーヴァ そんなバカなこと言って！ わたしとほぼ同い年じゃありませんか。海軍の方は女に人気があるわ。ここだけのお話ですけど、あなたがプロポーズして、喜ばない女はこの土地には一人もいないと思いますよ。

コリー （少し照れて）プロポーズなんか、僕はしないと思います。

イーヴァ じゃあ、女のほうからプロポーズするのを待っていますの？ いくら何でもそれは身勝手よ。

コリー そうでしょうね。

イーヴァ まともな女は自分からプロポーズなどできません。せいぜい男性に向かって無関心ではないと覚《さと》らせるだけ。後は相手の男性が推察するに任せる以上のことはできません。

コリー あの、僕ひどい頭痛がします。今日はもうテニスはできないとみんなに伝えて頂けますか。エセルさんが代わってくれるかもしれませんね。

イーヴァ まあ、いけないわねえ。もちろん、テニスは無理よ。気にしないでいいですわ。（レナード・アーズレイが家から出てくる。赤ら顔のどっしりした男で六十五歳。青い目で白髪。田舎の弁護士というより、昔風の狩猟好きの地主のように見える。土地の紳士階級と仲が良く、狩猟の時期には朝から狩猟に出かけている）ああ、お父さん、いらしたの。もうみんなはお茶を済ませたところよ。

アーズレイ　客が来ていたのだ。（コリーに会釈して）ストラットン君、こんにちは。イーヴァ、一寸席を外してくれ。お茶は自分で淹れるよ。ストラットン君に話がある。
イーヴァ　はい、分かりました。（庭に出て行く）
アーズレイ　ラドリに会っていました。
コリー　そうですか。
アーズレイ　残念ながら、いい話ではないのですよ。
コリー　ラドリは待ってくれないのですか？
アーズレイ　そう、待てないのです。
コリー　ではどうすればよいでしょう？
アーズレイ　訴願状を提出するしかないでしょう。
コリー　でも、そんなのバカバカしいです。たかだか百八十七ポンドのことじゃあないですか。もしもうしばらく持ちこたえることができさえすれば、何とかできるはずです。彼はいつまでに支払えと言っているのですか？
アーズレイ　来月一日です。
コリー　それまでに金を集めさえすればいいのですね。
アーズレイ　君はずいぶん苦労して頑張ってきたんだから成功して当然なのです。もし失敗したら、うんと同情しますよ。その点では誰にも劣りません。うちの事務所への支払い

など も気にしなくていいですからね。忘れてくださって結構。

コリー 寛大なことで感謝します。

アーズレイ 何のその。海軍を首になった人たちには同情を禁じ得ません。特に貴君のような輝かしい経歴の人の場合は。所持金全部つぎ込んでしまったのでしょう?

コリー 全部です。破産したら一文無しです。バスの運転手として雇って貰えれば感謝しますよ。

アーズレイ (明るく) いやなに、そこまでは行かずに済みますよ。駆逐艦の艦長までやり色んな勲章まで貰った貴君がそこまで身を落とすことはないでしょう。(アーズレイ夫人がプレンティス医師と家から出てくる。医師は夫人の弟で、鉄灰色の髪、厳しい顔、探るような目のやせた年配の男) やあ、チャーリー、こんにちは。

プレンティス こんにちは。やあ、ストラットンさん、どうも。

アーズレイ お茶に丁度間に合ったな。(コリーに向かって) テニスをやりに行くのなら、わたしたちにお構いなく。

コリー いいえ、僕はもうテニスは止めにします。お邪魔しました。奥様、失礼します。

アーズレイ夫人 もうお帰り?

コリー 一寸用事があるものですから。

アーズレイ夫人 じゃあ、さよなら。また近いうちにいらしてくださいね。

コリー　さようなら。（二人の男性に会釈しつつ家の中を通って退場）
アーズレイ夫人　（プレンティスに向かって）お茶いかが？
プレンティス　結構です。
アーズレイ夫人　コリーは悩んでいる様子だったけど、何か問題でもあるのですか？
プレンティス　工場の経営が危ないらしい。
アーズレイ　よく聞く話だ。元将校の連中だ。商売のことを何も知らずに商売を始めたんだな。商売のことがようやく分かってきた時には、もう一文無しになっている。
アーズレイ夫人　残酷なことねえ。
アーズレイ　もちろんそうなんだがね。じゃあどうすればいいか。不要になった大勢の軍人を食わせておくような贅沢《ぜいたく》は、国にはできない。
プレンティス　不運なことに、軍隊で送ってきた生活のために、世間の荒波に対処できなくなっているからなあ。
アーズレイ　わたしは事務所に戻るよ。ねえ、チャーリー、今日は親類として訪ねてきたのかな？　それとも医者として患者を探しにきたのかな？　この通り、わたしは元気いっぱいだから、お生憎《あいにく》様だ。
プレンティス　（苦笑して）そんなの当てになりませんからね。兄さんの血圧は問題があるんじゃあないかな。

アーズレイ　バカなことをいうものじゃあない。わたしは生まれてから一度も病気になったことがないのだよ。

プレンティス　脳卒中になってもわたしのせいにしないで欲しいですよ。兄さんのようにいかにも健康そうに見える人に限って、怪しいと睨《にら》んでいるのです。

アーズレイ夫人　実は、イーヴァのことでチャーリーに相談したかったので来てもらったのです。あの子、近頃、バカにいらいらしているでしょう?

アーズレイ　君の気のせいだよ。まあ、オールドミスになってきただけさ。大事なのは、仕事を与えることとさ。幸い、シドニーの世話で忙しくしているじゃあないか。

プレンティス　シドニーは元気ですか?

アーズレイ夫人　まあ、ほどほどにね。

アーズレイ　シドニーも可哀そうだ。われわれにできるのは、気持よく暮らせるようにしてやることだけだ。わたしにも打撃だった。あの子に弁護士の仕事を継いでもらうつもりだった。そうしていれば、今頃は、わたしの肩の荷をずっと軽くしてくれたはずだ。わたしも戦争の犠牲者なのはたしかだ。

プレンティス　(皮肉に) シドニーもそうですよね。

アーズレイ　もちろんさ。でも彼はもう慣れたよ。病人というのは、病気に慣れるものだ。とにかく、わたしは健康で体力もあって、幸いだ。では事務所に戻って、もう一仕事

やらねばならない。（医師に会釈して家に入る）

プレンティス　（嫌味っぽく）兄さんは素晴らしいお人だなあ。いつだって、物事の明るい面だけ見るんだから。

アーズレイ夫人　それって長所よ。

プレンティス　姉さんが甘やかしたんだ。

アーズレイ夫人　愛していたからね。

プレンティス　どうして愛したの？

アーズレイ夫人　（微笑を浮かべて）どうしてかしらね。そうね、あの人が自分の鼻先より先は見ることができないので、転んで怪我しないようにわたしが注意しなければならなかったからかしら。

プレンティス　姉さんはずっとよき妻、よき母であり続けたなあ。今の時代、姉さんみたいな人は他にいません。

アーズレイ夫人　今は生きにくい時代ね。わたしたちの若い時代は夢想もしなかった色んな問題に直面している今の人たちには同情しますよ。

プレンティス　イーヴァのことでぼくに相談したいって、どういうこと？

アーズレイ夫人　あなたの所で診てもらいたいの。あの子どんどんやせてきている。あの子のことがとても心配なのよ。

プレンティス　多分、イーヴァには休暇が必要なのじゃあないかな。ぼくから言いましょう。でもぼくは、それより姉さんのことが心配なのですよ。前から痛むって言っているでしょ。

アーズレイ夫人　心配無用よ。ただ痛いだけよ。わたしと同じ年齢の女性なら多かれ少なかれ時々痛むのよ。

プレンティス　前からずっと考えているのです。ちゃんと診察させてくださいよ。

アーズレイ夫人　嫌よ。

プレンティス　ぼくは弟だけど、医者としてはいい腕だから信用してください。

アーズレイ夫人　あなたにしてもらえることは何もないわね。バカに痛む時はアスピリンを飲んでいますよ。大騒ぎをしても何にもならないわ。

プレンティス　姉さんが診察させないと頑張るなら、兄さんに話します。

アーズレイ夫人　それは止めて！　あの人、ひっくり返るわ。

プレンティス　じゃあ、診察しましょう。

アーズレイ夫人　今？

プレンティス　今です。

アーズレイ夫人　あなたは子供の頃、ボールの投げっこをしてくれってうるさくせがんだものよ。あの時もうるさいと思ったけど、あれから歳月がたつにつれて、ますますあなたが嫌いになったわ。

プレンティス　姉さんは、今では皺だらけの婆さんになりました。女性は若くて綺麗であるべきだけど、でも驚いたことに、なぜか姉さんには愛さざるをえないところがあるんだなあ。

アーズレイ夫人　（笑って）あなたってバカね。

（ロイスとウィルフレッドが庭から現れる）

ロイス　チャーリー叔父さん、こんにちは。テニスはお仕舞い。イーヴァが言うには、コリーは頭が痛いんですってさ。

アーズレイ夫人　コリーさんはもう帰ったわ。

プレンティス　お母さんを診るのであちらへ行くところです。

ロイス　まあ、お母さん、どこか悪いの？

アーズレイ夫人　いいえ、もちろん何でもないのよ。チャーリー叔父さんがうるさいだけですよ。（二人は家に入る）

ウィルフレッド　もうおいとましたほうがいいかな？

ロイス　いいえ、どうぞいらしてください。飲物はいかが？

ウィルフレッド　今は結構。それよりお喋りしましょう。

ロイス　日が短くなってきたわ。あたし、冬がくるの嫌ですわ。

ウィルフレッド　この土地ではうら寂しいでしょうなあ。
ロイス　風がものすごいの。いつ南に出発なさいますの？
ウィルフレッド　まだ一ヵ月先です。
ロイス　来年もまたここで住まわれますか？
ウィルフレッド　まだ分かりません。そうしろとおっしゃるのですか？
ロイス　もちろんです。「荘園」が空家のままだと侘しいですもの。
ウィルフレッド　あなたは自分が大変な美人だって気づいていますか？
ロイス　だからって得なことは特にありません。
ウィルフレッド　舞台女優にでもなればいいのに。
ロイス　希望すればすぐなれるっていうものじゃあないわ。
ウィルフレッド　その顔なら、すぐコーラスに入れる。
ロイス　そんなことをわたしが言い出した時の、父の顔が見える？
ウィルフレッド　ここにいたのでは結婚のチャンスはあまりないでしょうな。
ロイス　さあ、どうかしら。誰かが現れるかも。
ウィルフレッド　女優になれば成功すると思うのだが。
ロイス　それには訓練が要るでしょう？　少なくとも一年間はかかるでしょう。ロンドンに住まなくてはならないから、お金もかかります。

ウィルフレッド　わたしが出す。
ロイス　あなたが？　一体、どういう意味？
ウィルフレッド　わたしは金がないわけじゃあない。あなたのような女性がこんな辺鄙な土地で朽ちてゆくなんて、考えただけでもぞっとしますよ。
ロイス　バカなこと言わないでよ。あなたからお金を貰うなんて、そんなことできるわけないでしょ？
ウィルフレッド　構わないですよ。今のような時代に、紋切型の考えに捉われることはないのです。
ロイス　奥様が知ったら何と言うかしら？
ウィルフレッド　知らせなければいい。
ロイス　とにかくもう遅すぎるわ。あたし、もう二十六よ。演劇の訓練なら十八歳くらいから始めなくては……歳月はあっという間に過ぎて行くのね。あたし、二十歳になるまで、自分が大人だって気づかなかったのよ。大人になったらタイピストとか看護婦になろうと漠然と思っていたけど、思っただけで終わったわ。結婚する気でいたのでしょうね。
ウィルフレッド　結婚しなければ、どうするのかな？
ロイス　どうするって、オールドミスになるだけよ。両親の晩年の慰めになるだけね。
ウィルフレッド　さえない話だなあ。

ロイス　愚痴っているのではないのよ。ここでは単調な生活しかないんです。気づかないうちに、時間が経ってゆくのです。

ウィルフレッド　これまでプロポーズされたこと、あるでしょう？

ロイス　ええ、あるわ。チャーリー叔父さんの助手。感じの悪い小男だった。それから三人の子供をかかえた妻を亡くした男。お金のない人だった。どっちも心のときめく相手じゃなかった。

ウィルフレッド　ときめかない？　それはそうですね。

ロイス　さっき、女優になる勉強のためにお金を出してくださるって、あれどういうこと？

ウィルフレッド　さあ自分でも分からない。あなたをお気の毒に思ったのでしょう。

ロイス　あなたは慈善家には見えないけど。

ウィルフレッド　思い切って言ってしまおうかな。あなたに夢中なんです。

ロイス　で、あたしが感謝の気持をお定まりのやり方でお返しすると思ったのね。

ウィルフレッド　そこまでは考えてなかった。

ロイス　ごまかしても駄目よ。

ウィルフレッド　わたしのこと怒らないでくれるかな？　ぞっこん惚れたのは誰かさんの責任で、わたしの責任とは言えないもの。

ロイス　あたしの父親といってもいい年じゃあありませんか！
ウィルフレッド　分かっていますよ。念を押さなくたっていい。
ロイス　一ヵ月したらここから引き揚げるということで、丁度よかったわ。
ウィルフレッド　ロイス、君のためならどんなことでもやる気がある。
ロイス　嬉しいけど、あなたにして頂けることはありません。
ウィルフレッド　分かっちゃいないな。君はここでいたずらに朽ちているではないか。わたしなら、君がしたことのない素晴らしい経験をさせてあげられる。パリ。行ったことがないんでしょう？　パリで素敵なドレスを見たら、さぞ喜ぶだろう！　何着でも好きなだけ買ったらいい。カンヌ、モンテ・カルロにも行こう。そうだヴェネチアもいい。一昨年の夏をリドで家内と過ごしたが、あそこは抜群だったなあ！
ロイス　呆れたおじいちゃまね！　もしあたしがきちんと育てられた娘なら、下男を呼んでつまみ出させるところだわ。
ウィルフレッド　わたしは悪い人間じゃあない。それに君を幸福にしてあげられるのだ。君には小指一本でわたしを思いのままに支配できる力がある。
ロイス　（自分の小指を眺めながら）宝石で輝く指？
ウィルフレッド　もちろんそうさ。
ロイス　（笑って）バカねえ。

ウィルフレッド　ああ、どんなに愛しているることだろう！　愛を告白できて胸のつかえがとれたみたいでほっとした。君が気づかなかったなんて不思議だなあ。
ロイス　思ってもみなかったわ。奥様は知っているの？
ウィルフレッド　いやあ、知らんよ。あの女、何も分からんのだ。シラミの頭脳すら持たない奴だ。
ロイス　あなた、あたしにうるさく付きまとうようなことはしないわね？
ウィルフレッド　ああ、大丈夫。すべて君にゆっくり考えてもらえばいいのだ。
ロイス　考える余地はないわ。今お答えできるわ。お断りします。あ、用心しないと。誰かくるわ。
（ハワード・バートレットが家から登場。体格の良い四十男で、やや太り気味だが、戦時中にエセルを魅了した男っぷりのよさは残している。着古したニッカーボッカーと派手すぎる模様のゴルフ用の上着を着ている。全体としていささか派手である。発音はエイチを抜くくせは僅かだが、下町訛りがある。多少酒気を帯びている。酔っ払っているとまではいかないが、飲んだ酒のせいで陽気になっている）
ハワード　よう、こんちは！
ロイス　あら、兄さん。
ハワード　（ウィルフレッドに）シダーさん、現場を押さえましたぞ！　妹をどうしようと言うのです？　ロイス、この男には用心しろよ。何か企んでいるからな。
ロイス　（笑って）まあ、兄さんたら！　変なこと言わないでよ。
ハワード　ちゃんと見破っているんだぞ。彼は女の子に道を誤らせるタイプの男だ。
ロイス　（冷静に）兄さん、飲んでいるのね。
ハワード　飲んでいるのは分かっているが、それだからいい気分なんだ。（先刻の話題に戻って）彼の言葉に耳を傾けちゃあいかんよ。こわい年寄りだからな。
ウィルフレッド　いくらでも言ってください。褒められるのは好きだから。
ハワード　人に聞かれたら困るような魂胆があるんだ。（ウィルフレッドに）男同士で正直に聞きますが、あなたの魂胆は人に聞かれたら困るでしょう？
ウィルフレッド　そんな言い方で尋ねられると……。
ハワード　男同士で正直に。
ウィルフレッド　じゃあ、言いますがね、人に聞かれちゃ困るな。
ハワード　ロイス、言った通りだったじゃないか！
ロイス　とにかく、あたしは自分が今どういう状況にあるのか、よく見えてきたわ。
ハワード　後悔しないように用心することだな。ロンドンの通りで赤ん坊を抱いて、路頭に迷ったとき、おれが警告しなかった、とは言わせないぞ。
ロイス　エセル姉さんが待っていますよ。兄さんと一緒に家に帰るつもりで待っているわ。

ハワード　家か！　家にまさる所なし。そして女のいる場所は家だ。

ロイス　姉さんは庭のどこかにいるはずよ。

ハワード　エセルは立派な女だ。いつだって、どこにいるか明らかだ。ふらふらしている女とは違う。最高の女性だ。おまけに淑女だ。（ウィルフレッドに）おれは生まれつきの紳士じゃあないのでしてね。

ウィルフレッド　そうでしたか？

ハワード　国王が紳士にしてくれました。国王陛下がね。今は農民だけど、以前は将校で紳士だったんだ。忘れちゃ困る。

ロイス　くだらないこと言わないでよ。

ハワード　おれが言いたいのはな、シダーさん、この子に近づくなってことですな。貧しい母のいない子供。清純な村娘。それなんだ。あなたの良心に訴えて頼みます。

ウィルフレッド　バートレットさん、あなた、自分がどこが変だか気づいていますかな？

ハワード　いいや。

ウィルフレッド　酔っ払っていますな。

ハワード　そんなことない。しらふだ。今日何杯飲んだか分かるかな？

ウィルフレッド　自分で数えられないくらいでしょうが。

ハワード　まあ、片方の手の指で数えられるくらいだろう。（威張って）でも両手の指で数えるほどは飲んでない。それっぽっちじゃあ、おれは酔うものか！

ウィルフレッド　年取ってきたんですよ。以前のようには飲めなくなってきたのですよ。

ハワード　いいですかな、おれが将校で紳士だった時、一気にウイスキー一本飲んで、まったく平気だったのだ。（アーズレイ夫人とプレンティス医師が応接間からやってくるのが目に入る）丁度医者がきた。尋ねてみよう。（二人が登場）

アーズレイ夫人　あら、ハワード、来ていたの？　知らなかったわ。

ハワード　この通りいますよ。

プレンティス　スタンベリに行ってきたの？

ハワード　今日は市場のある日でしたから。

プレンティス　商売はどうだった？

ハワード　商売はあがったり。時間の無駄でしたよ。農業はもうお仕舞いだな。

アーズレイ夫人　ハワード、あなた疲れているようね。お茶を淹れさせましょうか？

ハワード　疲れている？　疲れてなんかいませんよ。（ウィルフレッドを指して）この人が言ったこと教えましょうか？　おれが酔っているだって！

ウィルフレッド　冗談で言っただけですよ。

ハワード　（生真面目な口調で）医師の見解を求めましょう。チャーリー叔父さん、プレンティス先生、男対男として、はっきりさせてください。おれは酔っていますか？　気持を傷つけられても構いません。将校、紳士として何を言われても耐えますから。気を付けっ！

プレンティス　もっと酔った人をたくさんみているんでね。

ハワード　さあ、診察してください。とことんまで調べて欲しい。「イギリス憲法と言え」と命じてください。

プレンティス　「イギリス憲法と言いなさい」

ハワード　それはもう言ったよ。それじゃあ尻尾は出さない。チョークで線を引くのはどうだろう？

プレンティス　チョークが何だって？

ハワード　おれが医者に検査法を教えるのかい？　チョークで線を引き、その上をおれに歩かせるというの、あるだろう？　さあ、線を引いてくれ。直線だから、いいね。

プレンティス　チョークなど持っていない。

ハワード　持ってない？

プレンティス　そうだ。

ハワード　それじゃあ、おれが酔っているのかいないのか、永久に分からないな。

（シドニーがエセルに付き添われて庭から戻ってくる。一分後にイーヴァもやってくる）

エセル　あなた。今日は楽しかった？
シドニー　こんちは。
ハワード　ああ、大勢のいい人に出会ったんだよ。真っ直ぐにものを考える、本当にまったく、ごくごくまっとうな人たちだよ。イギリス国民の精鋭だ。
（エセルは夫が酔っているのを知り、少しぎょっとするが、気づかないふりをする）
エセル　（明るく）取引はどうでした？
ハワード　ひどかった。誰も彼も赤字だ。農業ってのは、ああ、何てひどい仕事だろう！おれが聞きたいのは、何だって政府が手をうたないのかってことよ。
エセル　でも政府は何とかするって公約したじゃありませんか。
ハワード　でもさ、公約を守るかどうか？　君は守らぬと知っている。おれも知っている。政府も知っている。そんなところよ。
エセル　となれば、歯を食いしばって頑張るしかないじゃありませんか。ずっと何年もしてきたように。
ハワード　我々は国家の要《かなめ》かそうでないか？
シドニー　国会議員で要じゃあないと言った人は一人もいないね。
ハワード　（怒りだしそうになる）おれの言ってることは本当なのだ。
エセル　（なだめるように）もちろんだわ。

ハワード じゃあ、どうしてシドニーは反対するのだ？
シドニー 反対なんかしてない。同意したんだよ。
ハワード （穏やかになって）そうだったのか。君はすごく親切だなあ。本当にいい人だな、前から好きだったよ、シドニー。
シドニー 結構だね。
ハワード おれは農家で生まれた。生まれ育った。将校で紳士だった時期を除けば、生涯農民だった。農業の問題点を話そうか？
シドニー いや、話さなくていいですよ。
ハワード いいのか？
シドニー いい。
ハワード じゃあ、話さない。（ぐったりして椅子に倒れ込む。その瞬間にグゥエン・シダーが応接間から出てくる。顔にこわばったような笑みを浮かべている）
アーズレイ夫人 （一寸驚いて）あら、グゥエンさん、どうしたの？
グゥエン あたし、招かれざる客ね。お宅の前を通ったらメードさんから夫がまだお邪魔しているって聞いたので、一寸立ち寄らせて頂きました。
アーズレイ夫人 もちろん、結構ですよ。
（ウィルフレッドの顔は怒りでむっとなる）

ウィルフレッド　グゥエン、一体どういうつもりなのだ？
グゥエン　あなたが歩いて帰るのはいやだろうと思ったのよ。
ウィルフレッド　君は家にすぐ帰ると言ったじゃあないか。
グゥエン　用事を思い出したのです。
ウィルフレッド　わたしは歩くほうがいいのだ。
グゥエン　（明るく微笑）どうして？
ウィルフレッド　こりゃあ驚いた。歩くほうがいい理由を言わされるとは！
グゥエン　だって、車があるのに歩くなんて愚かしいじゃありませんか。
ウィルフレッド　運動が要る。
グゥエン　運動ならたっぷりしたじゃあありませんか！
ウィルフレッド　みっともないぞ。
グゥエン　失礼ねえ！
ウィルフレッド　わたしがたった十分でも君の目の届かないところにいるのが信用できないのか、おかしいぞ。腹が立つ。
グゥエン　（まだとても陽気に）あなたがすごく魅力的だから、どこかの大胆な悪女があなたを追いかけないか心配なのよ。
ウィルフレッド　（むっとして）じゃあいいからもう行こう。さあ、帰ろう。

グゥエン　(アーズレイ夫人と握手しようと振り向く）男の人って骨が折れるわねえ。

ウィルフレッド　では、これで失礼します。今日はお世話になり有難うございました。

グゥエン　楽しい午後でした。お招き有難うございました。

アーズレイ夫人　また近いうちにいらしてくださいな。

(ウィルフレッドは不機嫌な顔のまま他の人に会釈し、フランス窓のところで妻を待ち、妻があたふたと出てくるとその後について行く）

シドニー　夫婦喧嘩《げんか》なのか？

ロイス　グゥエンさん、何て愚かなのかしら！

シドニー　車の中で奥さんを怒鳴りつけるのだろうな。

(ハワードがいびきをかく。酔って寝込んでしまっている。エセルはぎょっとする）

エセル　ハワードのいびき聞いてよ。彼ひどくくたびれているの。牛が病気だったので、朝五時に起きたから。

アーズレイ夫人　エセル、しばらく寝かせておいてあげなさい。シドニー、もう家に入ったら？　冷えてきましたから。

シドニー　そうします。

(アーズレイ夫人、プレンティス医師、シドニーは家の中に入る）

プレンティス　(移動しながら）神経痛は近頃はどう？

シドニー　我慢できる範囲ですよ。

（夫人の三人の娘が酔っぱらったハワードと共に残る）

エセル　ハワードも気の毒だわ。良く働いているもの。たとえ数分間でも休んでいるのを見るとほっとするわ。

イーヴァ　あなただって、働きづめで、休んでないでしょ。

エセル　仕事が好きだから。面白いわ。それにハワードは働く相手として最高よ。

イーヴァ　ねえ、時計をもとに戻せたとしたら、彼とまた結婚したい？

エセル　ええ、もちろんよ。彼、素晴らしい夫だもの。

（アーズレイ夫人が応接間のドアまで来る）

アーズレイ夫人　イーヴァ、シドニーがあなたとチェスやりたいそうよ。

イーヴァ　はい、お母様。すぐ行きます。（アーズレイ夫人は部屋に戻る。イーヴァは立ち上がる）

ロイス　姉さん、チェス嫌じゃないの？

イーヴァ　大嫌いよ。

エセル　姉さんも大変ね。

イーヴァ　シドニーにできる数少ないゲームだからね。シドニーが生きるのが少しでも楽しくなるように、わたしにできることをしてあげたいのよ。

エセル　あのひどい戦争のお蔭ね！

ロイス　これからも状態は変わらず、いずれ、わたしたち全員がくたびれた老女になってしまうのね！

（ハワードのいびきがまた聞こえる）

イーヴァ　じゃあ、行くわね。（家に入る）

ロイス　エセル姉さんはまだ幸福なほうよ。子供がいるんだから。

エセル　わたしは不平などないわ。（ロイスは立ち上がり、姉の上に屈《かが》んで頰にキスする。それから暗くなりつつある庭にぶらりと出て行く。エセルは夫を見て、涙が頰を伝って流れる。ハンカチを取り出し、あちこちいらいらと引っ張り、感情を抑えようとする）

第一幕終わり

第二幕

場面　アーズレイ家の食堂。古風な飾り方。マホガニーの食器棚、マホガニーの椅子（背もたれと座部は革）、頑丈なマホガニーの食卓。暖炉の両側に安楽椅子。主人用は肘かけあり、女主人用は肘かけなし。壁には大きな額縁に入った名画の複製。

大通りに面した出窓があり、ここにイーヴァとシドニーが座りチェスをしている。昼食が終わったばかりで、ガートルードが後片づけをしている。アーズレイ夫人は安楽椅子で新聞を読んでいる。

イーヴァ　チャーリー叔父様の車が着いたわ。
シドニー　姉さん、ゲームに集中してよ。
イーヴァ　あなたの番じゃないの。
アーズレイ夫人　ガートルード、お出迎えなさい。
ガートルード　はい、奥様。（退場）
イーヴァ　叔父様、最近よく見えるわねえ。
アーズレイ夫人　叔父さんはそういう人なのよ。うるさいの。
シドニー　お母さんの体調が悪いからじゃあないんでしょうね？

アーズレイ夫人　ええ、大丈夫よ、わたしは。年取っただけ。
シドニー　それじゃあ、いくらチャーリー叔父さんでも治せないな。
アーズレイ夫人　お母さんもそう言っているのよ。
（メードがプレンティス医師を案内してくる）
ガートルード　プレンティス先生です。
プレンティス　こんにちは。遠慮せずにゲームを続けて。
（プレンティスが登場し、まず夫人にキスし、それから他の者に手を振る）
シドニー　僕は席を外しましょうか？
プレンティス　いや。医者としての訪問じゃあない。すぐ失礼する。
シドニー　クイーン側のナイトをクイーン側のビショップの第三段へ。
（イーヴァが言われたように駒を動かす。医師は座って両手を火にかざす）
プレンティス　今日は寒いね。
アーズレイ夫人　決まったの？
プレンティス　ええ、明日午後三時です。
アーズレイ夫人　それで結構よ。
プレンティス　ロイスはどこ？
アーズレイ夫人　ゴルフよ。お昼に帰宅する時間がないので、食事はクラブハウスで取ったのよ。

シドニー　ウィルフレッドさんと一緒にプレーしている。帰宅する時、彼を連れて来るって言っていた。コリー君もいずれ来るから、そうすれば、ブリッジがやれるんだ！

アーズレイ夫人　よかったわね、シドニー！

シドニー　応接間の暖炉は火が入っている？

アーズレイ夫人　入れさせましょう。ガートルード、お願いね。

（ガートルードは昼食の後片づけをしていて、それが済んだところ）

ガートルード　はい、奥様。（テーブルクロースを食器棚の引出しにしまってから退場）

アーズレイ夫人　（プレンティス医師に）すぐに帰らずにア・マンズ・フォアでもやっていかない？

プレンティス　そうしたいんだが、忙しくてね。

イーヴァ　キング側のナイトをクイーンの列の三段目に。

シドニー　姉さん、それはまずい手だよ。

イーヴァ　わたしの好きにしていいでしょ？

シドニー　ビショップを守らなくちゃ。

イーヴァ　あなたは自分の好きなようにやっているのだから、わたしも好きなようにやるのよ！

アーズレイ夫人　イーヴァ、どうしたの？
シドニー　姉さんは先を見ないんだよ。
イーヴァ　（猛烈な勢いで）何ですって！　わたしが先を見ないなんて！　先には楽しい未来が開けているとでも言うの？
シドニー　姉さん、一体全体、どうしたの？
イーヴァ　（冷静さを取り戻して）何でもないわ。ごめんなさい。ビショップを守るわ。クイーン側のビショップの前のポーンをビショップの列の四段目へ。
シドニー　またまずい手だな。
イーヴァ　それでいいの。
シドニー　本気でやらなくちゃ、チェスをやる意味がないじゃあないか！
イーヴァ　文句ばかり言ってうるさいわね。気が狂いそう。
シドニー　文句をつける気はない。もう黙るよ。
イーヴァ　ああ、もううんざりだわ！（チェス・ボードをひっくり返し、駒が全部床に散らばる）
アーズレイ夫人　イーヴァ、どうしたの？
イーヴァ　ああ、腹が立つ！　もういや！
アーズレイ夫人　ねえ、一体どうしたの？　勝負に負けそうだからって、怒ったりして。

子供じゃあるまいし。
イーヴァ　勝敗にこだわってなんかいないわよ！　チェスなんて大嫌い！
プレンティス（なだめるように）叔父さんも退屈だと思っているよ。
アーズレイ夫人　シドニーが楽しめるゲームはあまりないのですもの。
イーヴァ　どうして、いつもわたしが犠牲にならなきゃならないの？
シドニー（興味深そうな笑顔を浮かべて）姉さんはチェスが好きなのかと思っていたよ。
イーヴァ　こき使われるのに、うんざりだわ！
アーズレイ夫人　そんな風に考えているとは気づかなかったわ。あなたは弟のために何でもしてやる気でいるものとばかり思っていたの。
イーヴァ　目が不自由なのは気の毒だと思っているわ。でもわたしの責任じゃない。戦争を始めたのはわたしじゃあないのだし。シドニーは施設に入るべきだわ。
アーズレイ夫人　何てむごいことをいうの！　冷たいわ。
イーヴァ　戦地に赴いた皆と一緒で、シドニーも覚悟はできていたでしょ。戦死しなかったのは幸運だったけど。
シドニー　その点は意見が分かれるところさ。
イーヴァ　人が人生を楽しむのを邪魔するなんてひどいわ。
アーズレイ夫人　祖国のために多くの犠牲を払ったシドニーのために、できるだけのことをして、少しでも生活が楽になるようにするのは、義務でなく特権だと思っていました。さらに彼に尽くすのは、シドニーだけでなく、国民のため、名誉だとされていたことのために、人生の幸福すべてを犠牲にした多数の人のためにもなると思っていましたよ。

イーヴァ　とにかく、わたしは十二分に尽くしたわ。婚約者が戦死したのですもの。すごく愛していたわ。自分の家と子供を持てるところだったのに。わたしには二度とチャンスは来なかった。今のわたしは……何て不幸なのでしょう！（わっと泣きだし、部屋を出てゆく。一瞬気まずい沈黙）

アーズレイ夫人　一体どうしたのかしら。

シドニー　男が欲しいだけさ。

アーズレイ夫人　まあ、何てことを！　そんなひどいことを言わないでよ。

シドニー　でも人間として不自然なことじゃあない。

アーズレイ夫人　姉さんがさっきあなたに言ったこと、気にする必要はないわよ。

シドニー　（鷹揚《おうよう》に笑って）お母さん、僕は前から気づいていましたよ。皆でちやほやしてやろうと思うような名誉ある負傷兵だったときから、もう随分時間が経ったもの。十五年といえば長期間だ。

アーズレイ夫人　あなたが我慢できるのなら、他の人だって我慢できるはずよ。

シドニー　僕にとって我慢するのは楽ですよ。目が不自由だというのはそれだけで一仕事ですからね。あっという間に時間が過ぎる。でも周囲の人は大変です。最初の頃は僕の世話をするとそれなりに達成感があったらしい。それからしばらくすると習慣になり、珍しくなくなる。最後には誰だって、僕を不快な重荷に感じるんだ。人間ってそういう性質だからね。

アーズレイ夫人 お母さんには決して重荷なんかじゃありませんからね。

シドニー （愛情込めて）分かっていますよ。あの奇妙な、不可解な母性愛っていうものですね。

アーズレイ夫人 わたしは永久に生きていられないから、イーヴァがいてくれれば大丈夫だと思って安心していたのよ。

シドニー （明るく聞こえるような口調で）お母さん、僕のことは心配しないでも何とかなりますよ。苦悩は人を高める、とか世間じゃあ言いますねえ。でも僕の場合はずる賢くなっただけだ。姉さんは僕が身勝手だというし、実際その通りだよ。でもすごく世渡り上手になったのさ。人の同情をかって、僕のため何かやらせる方法を心得ている。姉さんもじきに落ち着くさ。僕は大丈夫、生きていけますよ。

アーズレイ夫人 イーヴァも独り身だし、いろいろ問題を抱えているわ。でもあなたの世話はあの子がするのが一番自然だと思ったの。エセルには家庭があるし、ロイスは若すぎるから人の苦悩がよく理解できないわ。自分本位だし。

シドニー　（機嫌よく肩をすくめて）どうかな。ロイスには若い娘らしい活気と身勝手さがあるっていうだけのことですよ。別に悪いことじゃあない。目の不自由な兄の世話など嫌でしょうし、実際、してくれないでしょう。でも責めることではない。ロイスとの付き合い方は分かってるから大丈夫。

アーズレイ夫人　イーヴァの様子を見に行こうかしら。

プレンティス　もうしばらく放っておくのがいいでしょう。

（ガートルードが手紙を持って登場）

ガートルード　シダー様が、これを奥様にと。

アーズレイ夫人　ああそう。（手紙を開いて読む）応接間にお通ししたの？

ガートルード　いいえ。車の中で待っていらっしゃいます。

アーズレイ夫人　お入りになるように言ってちょうだい。

ガートルード　はい、奥様。（出て行く）

アーズレイ夫人　奇妙ねえ。

プレンティス　どうしたの？

アーズレイ夫人　グゥエンさんからで、わたしと二人だけで、数分会えるかですって。

シドニー　じゃあ、僕は席を外すよ。（立ち上がり、杖を取り、部屋をよたよた出て行く）

プレンティス　わたしも退席する。

アーズレイ夫人 何の用事かしら？

プレンティス 住所か何か教えて欲しいのだろう。

アーズレイ夫人 それなら電話で済むのに。

プレンティス その人、愚かじゃないのかな。

アーズレイ夫人 その通りなのよ。

（プレンティス医師はシドニーが出て行くのを見届けてから、態度を変えて）

プレンティス 姉さん、マレー先生と長電話をしたんですよ。

アーズレイ夫人 あんたがわたしに無理に受けさせようとしている検査のことね。嫌だって言ったでしょ。

プレンティス 姉さん、是非必要なのですよ。脅すのは嫌だけど、姉さんの体調には問題があると僕は睨んでいるのです。

アーズレイ夫人 分かったわ。明日の午後三時だったわね。

プレンティス 検査後に僕に電話をくれることになっている。

アーズレイ夫人 （弟に手を差しのべて）あなた、親切ね。

プレンティス （頬にキスしながら）姉さんのこと大好きだから心配なんだ。（出て行く。それからすぐにガートルードがグゥエンを案内してくる）

ガートルード シダー夫人です。

アーズレイ夫人　いらっしゃい。
グウエン　あんな手紙出して変だとお思いでしょうね。でもどうしても相談したいことがあったのです。
アーズレイ夫人　まあ、お座りになって。ここなら誰にも邪魔されませんから。
グウエン　是非お話ししたいことがあるのです。そうするのがあなたに公正な態度を取ることになるとも思って。
アーズレイ夫人　何のことかしら？
グウエン　回り道しないで、そのものずばりで行きますよ。
アーズレイ夫人　（微笑を浮かべて）それが結局一番いいわね。
グウエン　わたしと主人が再婚なのご存じ？
アーズレイ夫人　そうですか、存じませんでした。
グウエン　二人とも再婚です。お互いに惚れこんで結ばれました。離婚訴訟が大変だったこと！　あれからもう十二年にもなるので、ここへ来たとき、再婚だと言わなくても構わないと思ったのです。
アーズレイ夫人　あなたたちだけのことですから、黙っていたって結構ですよ。
グウエン　わたしたち、ずっと幸福でしたわ。再婚は大成功でした。
アーズレイ夫人　ご主人は一緒に暮らしやすい方でしょうね。

グゥエン　主人はもちろん女性にとって魅力的な男でした。
アーズレイ夫人　そういうことになると、わたし無知ですよ。
グゥエン　女には魅力的なのです。それに、彼は女を喜ばせるようなお世辞を言うのが上手なのです。でももちろん、そんなのは本気じゃあないのです。
アーズレイ夫人　そうでしょうねえ。
グゥエン　世間の女の中にはそれが分からない人も多くいますわ。若い子などのぼせ上がる子もいるみたいです。でも本気にするなんてとんでもない。彼は既婚者なのだし、わたしは何があろうとも絶対に離婚しませんからね。絶対に！
アーズレイ夫人　ねえ、あなた。肝心の話をするっておっしゃったけれど、遠回しのお話のようじゃありませんか？
グゥエン　わたしの申すこと、思い当たりますでしょ？
アーズレイ夫人　見当もつきませんよ。
グゥエン　それを伺ってほっとしました。
アーズレイ夫人　一体、どういうことですか？
グゥエン　お怒りになりません？
アーズレイ夫人　ええ、もちろん。
グゥエン　主人はお宅のロイスさんにしきりに言い寄っているのです。

アーズレイ夫人　（くすりと笑って）何を、そんなバカなことをおっしゃるの？

グゥエン　主人がお嬢さんにすっかり参っているの、分かっています。

アーズレイ夫人　どうしてそんな愚かなこと、お考えになったの？

グゥエン　二人はいつも一緒にいますわ。

アーズレイ夫人　ナンセンスです。テニス、ゴルフを一緒にするだけ。今もゴルフで一緒です。この辺には、平日は一緒にプレーできる男性がほとんどいないのよ。ご主人とロイスの双方に好都合だったというだけのこと。まさか妬《や》いていらっしゃるのではないでしょうね？

グゥエン　でも主人がお嬢さんにぞっこん惚れているのは分かっていますわ。

アーズレイ夫人　あなたの妄想ですよ。

グゥエン　お嬢さんのほうが主人に惚れていないとどうしてお分かり？

アーズレイ夫人　ご主人は娘には父親と同じ年齢ですよ。

グゥエン　だからと言って何だとおっしゃるの？

アーズレイ夫人　年齢差って大きいのよ。あなたの感情を傷つけたくないけど、娘くらいの若い子にとっては、わたしもあなたも、それからご主人も、それからうちの主人もだけど、全員が化石みたいなものなのよ。

グゥエン　でもこの土地には男性がほとんどいないじゃありませんか！　好き勝手に選べ

るわけじゃあないでしょ？

アーズレイ夫人　失礼なことおっしゃいますのね。

グウエン　ごめんなさい。そんな気じゃあないのですけど、わたし、とても惨めなのです。

アーズレイ夫人　（優しく）お気の毒ね。でもねえ、勘違いしていらっしゃるのよ、きっと。それに、まもなくこの土地から離れられるのでしょ？　それですべてがお仕舞いになるでしょ？

グウエン　（すぐに）何かあったけど、それがお仕舞いになるということですか？

アーズレイ夫人　いえ、いえ。あなたの心配が終わるということです。お宅のご主人のような方のことはよく知りませんけど、年配の男性が若い子の元気のよさに心を惹かれるっていうことはあるでしょう。利口な奥さんなら肩をすくめて笑うだけでしょうね。若い子のほうはそういう男を化石だと思って相手にしないから大丈夫ですよ。

グウエン　その通りなら安心ですけど。気づいてから、わたしがどんなに悩んできたか、とても分かって頂けないでしょうね。

アーズレイ夫人　わたしの言う通り大丈夫ですよ。たとえあなたが想像していることが真実だとしても、ここから立ち去って二週間もすれば、ご主人はロイスのことなどすっかり忘れてしまいますよ。（夫人は会話を終わらせるために立ち上がり、グゥエンも立ち上がる。窓から外を見る。車が玄関で停まるのが見える）

グウエン　こっちへくるわ。
アーズレイ夫人　(外を見て)　誰が?　ああ、ご主人とロイスね。
グウエン　主人が家の中に入ってくるわ。
アーズレイ夫人　シドニーとブリッジをやるって約束してくださっていますの。あなたもそれには異存はないでしょ?
グウエン　主人に見られたくないわ。わたしが見張っていると思って、かんかんに怒るから。
アーズレイ夫人　ここにはいらっしゃらないわ。応接間に行かれるでしょう。
グウエン　ロイスさんには何も言わないでください。怒らせるといけませんから。
アーズレイ夫人　もちろん、何も言いません。あの子は今あなたがおっしゃっていたようなことに、全然気づいていませんよ。もし知ったら、恥ずかしがって、不愉快な思いをするでしょう。
グウエン　誰もいなくなったら、すぐにこっそり帰ります。
(ドアがぱっと開きロイス登場。元気いっぱいで、意気軒昂としている)
ロイス　こんにちは!　ここにいらしたの?
グウエン　お母様とバザーの相談で来ました。もう帰るところよ。
ロイス　ご主人がいらしていますよ。
グウエン　そうなの?　じゃあ、よろしく。夕飯に遅れないようにと言ってください。ブリッジをするのでしょう?

ロイス ええ。コリーさんとハワード兄さんも来ます。あの二人はア・マンズ・フォアをやるでしょう。

グウエン 主人の話ではシドニーさんは普通の人と同じようにプレーなさるそうねえ。

ロイス ええ、そしていい腕なんです。もちろん、盲人用のカードを使用しますけど。

グウエン (ロイスのしている真珠のネックレスに気づいて) そのネックレス、素敵ね。前には見たことがなかったけど。

ロイス (思わず首に手をやりネックレスに触る) この間スタンベリに行ったとき買いました。

グウエン 贅沢なさるのね。今どき、真珠を買う余裕のある方がいるとは驚きました。

ロイス でもたった一ポンドですよ。

グウエン 本物じゃないの?

ロイス もちろん、違いますわ。本物のはずがありませんよ。

グウエン (ロイスに近寄り真珠に触れて) わたしは真珠のことは多少知識があるつもりなんですけど。てっきり本物だと思ったのですよ。

ロイス 本物ならいいんですけど。

グウエン これまで見た最高のイミテーションだわ。

ロイス　今ではイミテーションでも、とっても上質のものができるから、無理して本物を買う人なんていないと思うわ。

（グゥエンは驚きを隠せないで、まだ真珠を疑わしそうに見ている。それから感情を抑えて）

グゥエン　では、おいとまします。間に合うように準備しておきます。

アーズレイ夫人　さよなら。ロイスがお見送りします。

（グゥエンとロイスが退場。夫人は物思わしげな様子。ちょっと不安そう。ロイスが戻ってくる）

アーズレイ夫人　ロイス、考えていたんだけど、あなた最近やせたみたいね。で、エミリ伯母さんのところに一、二週間泊まりに行ったらどうかしら？

ロイス　気が進まないわ。

アーズレイ夫人　伯母さんはいつだってあなたに来て欲しいと思っているのよ。

ロイス　ものすごく退屈なんですもの。

アーズレイ夫人　どっちみち年末までに行かなくてはならないでしょ。だったら、今行って、厄介なことを片づけるほうがずっといいでしょ？

ロイス　行きたくないわ。

アーズレイ夫人　考えておいてね。お母さんはね、あなたが元気いっぱいでないのを見たくないの。元気じゃないと、いつまでもあなたから手が離せないでしょ。（夫人退場。夫人の声が開いたドアを通して聞こえてくる）コリーさん、ここにいらしたの。シドニーは応接間です。

（コリーはドアを通るときロイスを見る）

コリー　ロイスさん、こんにちは。

ロイス　お早いですね。（コリーはドアのところで立ち止まる）

コリー　父上と面談の約束があったのです。でも父上は用事で外出されました。事務所の人に、お帰りになったら僕はここに居るから連絡するように頼んでおきました。

ロイス　それで結構ですわ。

コリー　応接間に行きます。

ロイス　ええ、どうぞ。

（コリーは去って行く。ロイスは鏡に近づき、ネックレスを見る。触れてみる。ウィルフレッドがロイスを呼ぶ声が聞こえる）

ロイス　ここですよ。

ウィルフレッド　（まだ外で）どこですか？

ロイス　食堂です。（彼がドアまで来る）

ウィルフレッド　コリー君が来たのだから、始めたらどうでしょう？

ロイス　ハワード兄さんももうすぐ来るわ。

ウィルフレッド　それは知ってますがね。でも、彼が着く前に一ラバーか二ラバーやる時間があるのじゃないかな？
ロイス　ちょっと中に入ってくださらない？
ウィルフレッド　どうして？
ロイス　ドアを閉めて。
ウィルフレッド　（後ろ手でドアを閉めて）閉めましたよ。
ロイス　頂いた真珠のネックレスですけど、イミテーションなのでしょ？
ウィルフレッド　もちろん。
ロイス　いくらでしたの？
ウィルフレッド　言ったでしょ。一ポンドですよ。
ロイス　奥様がいらしたのよ。
ウィルフレッド　なんで？
ロイス　分からないけど、何でも、バザーのことで母に会いにきたとか。
ウィルフレッド　それが目的かな？　最近、あいつはおかしいんだ。
ロイス　奥様はこれが本物だとおっしゃるのです。
ウィルフレッド　あいつに何がわかる？
ロイス　真珠には詳しいとおっしゃっていました。ご自分も持っていらっしゃるのでしょう。

ウィルフレッド　ああ、随分ふんだくられました。
ロイス　奥様のおっしゃるように本物なの？
ウィルフレッド　（微笑を浮かべて）そうじゃあないとは言わないけれど。
ロイス　どうしてイミテーションだって言ったの？
ウィルフレッド　だって、本物だと言ったら受け取ってくれなかったでしょう？
ロイス　もちろんよ。（ネックレスの留め金を手で触れる）
ウィルフレッド　どうしようというのかな？
ロイス　お返しします。
ウィルフレッド　それはまずい。全部ばれてしまうから。
ロイス　ばれて困ることなんて、何もないわ。
ウィルフレッド　そうかな？　君はグゥエンを知らないからそう言うのだ。あいつは蛇の舌をもっている。悪口の天才だ。
ロイス　こんな高価なもの頂けないわ。
ウィルフレッド　とにかく僕らがこの土地から引き揚げるまでは、着けていてくださいよ。
ロイス　いくらでしたの？
ウィルフレッド　贈物の値段を聞くのは礼儀に背きますよ。
ロイス　数百ポンド？

ウィルフレッド　まあ、そんなところでしょうな。
ロイス　こんな高価なものを身に着けるのは初めてよ。失くさないかと心配で怖いわ。
ウィルフレッド　そんなこと、少しも考えなくていい。僕は貧乏でないから、失くしても大丈夫。
ロイス　でも、あたし、知らなかったかもしれないのね。何年間もずっとイミテーションだと信じて身に着けていたかもしれないのね。
ウィルフレッド　それが僕の望んだことだった。
ロイス　（にこにこして）案外、優しい人なのねえ。そういうことができる人とは思わなかったわ。
ウィルフレッド　どうして？
ロイス　何でも得意そうに話す人だと思っていました。高額なプレゼントをするとき、相手に高額なのだと恩着せがましく言う人だと思ってたの。
ウィルフレッド　とんだごあいさつだな！
ロイス　高額だというのを黙っていたのでは、相手が感謝すると期待できなかったでしょうに！　一ポンドのイミテーションの真珠のネックレスなら、ハワード兄さんでも競馬で五ポンド儲かった時なら買ってきてくれたかもしれないじゃありませんか。
ウィルフレッド　君が僕の進呈した真珠を身に着けていてくれるだけで満足だった。綺麗な首の周りにあるというだけで心がはずむんだ。

ロイス そんなことのために、ずいぶんお金を使ったじゃありませんか！

ウィルフレッド 君にすっかり惚れているんだ。キスさせて。（ロイスの腰に両腕を回す。唇にキスしようとするが、彼女が顔をそむけたので、頬にキスする）少しは好意を持っているんだろう？

ロイス （冷ややかに）まあね。

ウィルフレッド いずれ僕を愛するようになってくれるかな？

ロイス そうなったとしても、あまり役立たないんじゃありません？

ウィルフレッド 君のためならどんなことでもする。僕がグゥエンとうまく行ってないのは分かるだろう？ あいつとは離婚したほうがお互いのためだ。君を幸福にできると信じている。君は今後いつまでも、この死んだような土地に住んでいるつもり？

ロイス あたしにどうしろとおっしゃるの？ 駆け落ち？

ウィルフレッド そうしていけない理由はないだろう？

ロイス 駆け落ちして、あなたが飽きたら、すぐに捨てられるのね？ 結構なお話だこと！

ウィルフレッド 明日君の名義で二万ポンド譲渡契約を結ぶよ。駆け落ちがいやなら、しなくても金は君のものだ。

ロイス ばかをおっしゃい。

ウィルフレッド　グゥエンは、僕が財産をいくらか与えると言えば、離婚に同意するだろう。そしたら君とちゃんと結婚する。

ロイス　あたし知っているのよ。村の小娘を誘惑しようとする男は、なかなかおとせないとなると、最後の決め手に「正式に結婚するから」としゃあしゃあと言い出すものなのね。

ウィルフレッド　ロイス、どうか笑わないでくれ！　全身全霊で愛しているのだから。分かっているさ、僕はもう爺さんだ。二十歳若ければどんなにいいだろう！　君が欲しい。永久に僕の妻として望むのだ。

（ロイスは一瞬相手を真面目な顔で見る）

ロイス　行ってブリッジをしましょう。

（エセル登場）

エセル　シドニー兄さんがしびれを切らしているわ。（ウィルフレッドに、冗談めかして）主人が言うには、もしすぐ来ないのなら、妹と結婚しなくてはならない破目に陥るって。

ロイス　姉さんが来ていたの、知らなかったわ。

エセル　今着いたのよ。

ロイス　ええと、ハワード兄さんがいるのならわたしがいなくても、ブリッジできるじゃない。

ウィルフレッド　分かった。じゃあ、あっち行ってラバー始めるよ。でも後で来て、一緒にやろう。

ロイス　お化粧直しに行かなくちゃ。

（ウィルフレッドが出て行く）

エセル　イーヴァ姉さんが泣いたりわめいたりしたんですってね。

ロイス　そう？　原因は何？

エセル　知らない。気でも立ったのでしょう。結婚するといいのだけどね。

ロイス　相手がいないじゃない。

エセル　コリーさんがいるわよ。ほぼ同い年だし、似合いじゃあないかしら。

ロイス　ウィルフレッドさんから聞いたけど、コリーさんは破産寸前だって。

エセル　何とかなるでしょうよ。今は誰だって困っているわ。でも何とかなるものだわ。満足できない結婚でも、全然結婚しないのよりましよ。

ロイス　それ姉さんの経験？

エセル　自分のことじゃあないわよ。わたしは不満などないもの。

ロイス　ねえ、姉さん、ウィルフレッドさんがあたしに駆け落ちしようと言うの。

エセル　え、ウィルフレッドさんがですって？　どういうこと？　どうして？

ロイス　あたしに恋しているんですって。

エセル　いやらしいわ。それどういうこと？　分からないわ。

ロイス　グゥエンさんと離婚するまであたしを愛人にしておいて、離婚できたら結婚しようと思っているようよ。
エセル　いやな男だわ。
ロイス　でもね、あたしもどんどん年を取って行くわ。もう二十六よ。
エセル　（ぎょっとして）ロイス、あなたまさか……。
ロイス　あたしにどんな未来が待っているというの？　イーヴァ姉さんのようにノイローゼになるか、エセル姉さんのようにつらい現状に我慢してゆくか、それくらいしかないじゃないの！
エセル　わたしには子供がいる。たしかにハワードは他の人と同じで、欠点はあるわ。でもわたしのことを愛して、大事にしてくれているわ。
ロイス　姉さんはすごく我慢強いのよ。あたしには無理ね。でも姉さんだって、我慢ばかりしていて、ストレスがたまっているじゃない。あたしはそれに気づいているのよ。
エセル　もちろん、農村では毎日がきびしい生活よ。小作人と結婚したらどういうことになるか知っているべきだったとは思うわ。
ロイス　でもあんなに酒飲みだというのは想定外だったでしょう？
エセル　あの階級の男としては、あれくらい飲むのは普通よ。
ロイス　ハワード兄さんに慣れたの？

エセル （むっとして）それ、どういう意味？
ロイス だって、兄さんは労働者階級じゃない。
エセル （皮肉に）あなたやわたしのほうが階級が上だっていうの？
ロイス 少なくともあたしたちはキングズ・イングリッシュを話すじゃないの！　食事の作法も心得ているし、食事の前に手を洗うでしょ。
エセル 朝六時に起きて乳しぼりをしなくてはならないなら、誰だって手を洗わなくなるものよ。習慣の問題よ。そんなことで驚くことなんかないわ。
ロイス 姉さんは平気なの？
エセル 時々気になるけど、そういうときは、自分を何様だと思っているのかって、反省するようにしているの。
ロイス 夫婦の間で共通のものって何があるの？
エセル 思い出よ。わたしが気も狂わんばかりにあの人に惚れ込んでいた最初の一年か二年の頃の思い出。彼、さっそうとして若々しかったの。男らしかった。愛したのは、彼が土の匂いがしたからね。その力が土に根ざしていたから。あの頃は何の違和感もなかった。彼が何をしても許せたわ。
ロイス 姉さんってロマンチックねえ。あたしは違う。ロマンスは続かないもの。ロマンスが死んだら、後にはちりと灰だけしか残らないじゃないの。

エセル　自分がベストを尽くしたという気持は残るわ。

ロイス　そんな気持なんて！

エセル　でもそれが支えになるの。自分で蒔《ま》いた種は自分で刈り取る覚悟はできているわ。わたしが愚痴をこぼすのを聞いたことある？

ロイス　一度もないわ。

エセル　胸を張って生きて来たのよ。ハワードのために良い妻になろうと努めたし、子供たちにとってよい母であろうと努めたわ。だからときには、自分を誇らしく感じることもあるのよ。

ロイス　兄さんが自分と同じ階級の女性と結婚したとしたら、そのほうが幸せだったかもしれないなんて、思ったことないのでしょうねえ？

エセル　いいえ、よくそう思うの。だからこそ、いつだって彼を大目にみているわ。分かっているべきだった、夢中になるべきでなかった、そう思うこともよくあるの。

ロイス　姉さんって、立派なのね。あたし、較べて自分が恥ずかしくなるわ。

エセル　立派なんかじゃないわ。ただまっとうな考え方をしているだけよ……。ロイス、あなた、あのウィルフレッドさんと本気で駆け落ちしようと思っているのではないでしょう？

ロイス　ええ、本気で考えてはいないわ。そういう機会があればわくわくするだろうと思ったけよ。

エセル　そうなの。それなら安心したわ。

（レナード・アーズレイ登場）

アーズレイ　こんなところで二人で何をしていたんだね？　何を着るかって、そんなことを話していたのだろうな。

エセル　（父にキスして）父さん、お元気？

アーズレイ　姉妹でべらべら、一日中お喋りしているのだな。服装の話題なんかでよくも飽きないものだな、驚くよ。コリー君が来ているだろう？

ロイス　ええ、ブリッジしています。

アーズレイ　急いで行って、来るように伝えてくれ。話がある。

ロイス　はい、呼んできます。

アーズレイ　（エセルに）子供たちは元気にしているかな？

エセル　ええ、いつも元気です。

アーズレイ　農村で育てるのはいいことだ。田園生活は素晴らしい。

エセル　今は学校に戻ったけど。

アーズレイ　もちろんそうだな。自分の子供の頃を思い出すよ。あんな楽しいことはないな。人生で最高の時期だ。（二人の娘は出て行く。アーズレイはファッション雑誌があるのに気づき、取り上げる）やはりこれだったのか。（自分が娘たちの話していたことを正しく見抜いたのでにやりとする。ドアが開き、コリーが入ってくると、すぐに弁護士らしい態度を取る）やあ、こんにちは。

コリー　さっき事務所に伺ったときはいらっしゃいませんでしたね。

アーズレイ　うん。君が会わんほうがいいと思う人物を待たせてあるんだ。彼に会う前に君に会いたいと思ってね。私用のドアから出て来たんだ。

コリー　それはどうも。弁護士事務所は慣れていないので、怖気《おじけ》づくのです。

アーズレイ　重大なことを話さねばならない。

コリー　やはりそうですか。

アーズレイ　この土地で君が仕事を始めてから、この三年間、ずっと付き合ってきましたな。そして家の者は皆君に好意を抱いた。

コリー　お宅を訪ねるのは大きな楽しみでした。皆さんがいらっしゃらなかったら、さぞ味気ない日々になったことでしょう。

アーズレイ　それがこんな状況になってしまい、わたしが当惑しているのは分かるでしょう？

コリー　もう命運が尽きたということですね。随分努力して頑張って来たのですがね。破産申し立てをしなくてはなりませんか？

アーズレイ　銀行から超過引出しの通知があったでしょう。取引が正常に戻るまで、君の切る小切手の換金はできないと。
コリー　はい。
アーズレイ　それなのに、君はいくつかの支払いに対して先付け小切手を切ったでしょう?
コリー　あっちこっち借金だらけで責め立てられて、仕方なかったのです。
アーズレイ　どうしようもなく支払い不能に陥った状況で、どうやって返済する気でいたのです?
コリー　何とかなるだろうって思っていました。
アーズレイ　それが犯罪行為だって知らなかったと?
コリー　そんな、バカな！　金に困ったら誰でもやることじゃないですか！
アーズレイ　だが、刑務所行きを覚悟しなくては。
コリー　え、そんな！　まさか起訴になるわけじゃないでしょう?
アーズレイ　損害を蒙った側が泣き寝入りなどしないでしょうが！
コリー　ばかげた話だ。僕に悪意がないのは分かるはずなのに。
アーズレイ　君がそこまで商取引に無知だとは信じられない。
コリー　商売のことなど知るわけない！　船乗りなんだから。海軍に二十年いました。
アーズレイ　無思慮だったなあ。

コリー　で、どうなるのでしょうか？
アーズレイ　銀行の支配人が事務所に来ている。最悪の事態を覚悟せねばならないよ。令状が出るだろうな。
コリー　逮捕されるということですか？
アーズレイ　もちろん保釈金で釈放されるだろう。それはわたしが手続きしよう。君が陪審裁判を望めば、裁判所は年四回開かれる州裁判に付託することになる。最終的にどうなるか、まだ予測できないが、法廷弁護士の主張も聞いてみよう。わたし個人の意見では、有罪と認め、法廷の慈悲にすがるしか手はないと思う。
コリー　でも僕は罪など犯していません。
アーズレイ　愚かなことを言うものじゃない。誰も見ていないのを見澄まして、金庫から十ポンド盗んだ泥棒と同じなのだ。
コリー　判決はどんなものになるでしょうか？
アーズレイ　初犯だし、海軍での功績もあるので、判事は寛大に扱うだろう。二級軽犯罪でせいぜい三ヵ月から六ヵ月の懲役で済むだろう。
コリー　（弁護士が他人事のように軽々しく言ったのに怒りを覚えて）あなたにはどうでもいいことなんですね？
アーズレイ　いや、いや、わたしは気の毒に思っている。職業上、これまで何度もつらい立場に立たされてきたが、今回ほど気の毒に思ったことはない。

コリー　（皮肉に）幸いなことに、たいていの人は他人の失敗を見た時のショックをすぐに忘れますね。

アーズレイ　これまで親しく交際してきたという事情のためだけでなく、君は殊勲賞を授かったり、駆逐艦の艦長だったりした人なのだから、転落は気の毒でならない。同時に恥ずかしいことでもありますな。

コリー　殊勲賞、取り上げられますかね？

アーズレイ　そうなるだろうな。

コリー　人が海軍軍人として二十年間国家のために尽くしていたため、浮世で生きる方法など何も知らないのに、高々一千ポンドの退職金を渡して首にするというのは、国家として心苦しく恥ずべきことだと思いませんか？

アーズレイ　そのことを今議論する余裕はないな。もちろん法廷で主張するのにはとても役立つから、よく覚えておこう。もっとも、国家の答えは、国も経済的に苦境に立ち、節約せねばならない。ある程度の数の破産者が出ても、やむを得ずというところだろうが。

コリー　戦闘で艦が魚雷の攻撃を受け、間一髪で救い出されました。あのとき、ああ、神様有難うございます。何て自分は幸運なんだろう！　と言いました。あのときはその後の運命が見えていなかったのです。

アーズレイ　わたしが六ヵ月前に破産申告をするように助言したのは覚えているかな？君は聞き入れなかっただろう？

コリー　英国海軍には不可能などあり得ぬ、という教えを二十年間叩きこまれてきたのです。自分の中にまだ頑張る気力が残っているのに、降参することはできなかったのですよ。

アーズレイ　絶望する必要はない。

コリー　懲役六ヵ月の後、四十歳の元海軍将校には、もう未来はないのも同然でしょうね。

アーズレイ　わたしは狩りが趣味でね。狩りではギリギリの瀬戸際まで待つのがいい。だから君も今から取りこし苦労はしないのがいい。さてと、わたしは事務所に戻らねばならない。棚にウイスキーとソーダがあるから、自由に飲むといい。飲みたい気分だろうから。

コリー　有難うございます。

アーズレイ　（握手の手を差しのべて）では失礼。何か分かったらすぐ連絡するから。

コリー　さようなら。（アーズレイは出て行く。コリーは椅子に沈み込んで、両手で顔を覆う。しかし、ドアが開く音を聞くと、気を取り直す。イーヴァが入ってくる）

イーヴァ　あ、失礼。バッグを探していたの。誰もいないと思っていました。

コリー　失礼するところでした。

イーヴァ　いいじゃありませんか。どうぞそのままでいらして。お邪魔しませんから。

コリー　何をおっしゃるのです？　ご自分の家の食堂に入るのに。

イーヴァ　バッグの話は作り話でした。あなたがここにいらっしゃるの、知っていました。バッグは二階にあるのです。父がここから出て行くのが聞こえ、わたしはあなたとお会いしたかったのよ。とても心配です、あなたのことが。
コリー　何のことですか？
イーヴァ　経営が行き詰まっているのは誰も知っています。父がお昼のとき、それとなく言っていたのです。父が午後あなたと相談すると聞いていました。
コリー　気にしてくださって有難うございます。ずっと暗中模索していたのですが、今ようやく自分の状況が分かりました。
イーヴァ　打つ手はないのですか？
コリー　まずダメのようです。
イーヴァ　わたしがお力になれないかしら？
コリー　（微笑を浮かべて）そんな、無理ですよ。
イーヴァ　問題は金銭だけでしょ？
コリー　金銭だけって、それが大問題なんです！
イーヴァ　あのね、わたしには名づけ親からの遺産が一千ポンドあるのよ。投資してあって、その利息でドレスなどを買っています。それを差し上げてもいいの。
コリー　あなたから金銭を頂くなんて、そんなことはとてもできませんよ。

イーヴァ　どうして？　わたしが差し上げたいと思うのですよ。
コリー　すごくご親切なお話です、でも……。
イーヴァ　（全部言わせず）わたしが、あなたに好意を抱いているのお分かりでしょ？
コリー　すごく有難いのですけど、父上が聞きいれてくださいませんよ。
イーヴァ　わたしのお金よ。もう子供じゃあないのだし。
コリー　無理です。
イーヴァ　あなたの工場のためにお金を出すのはどう？　それなら、どこかに投資するのと同じじゃありませんか？
コリー　もし父上が今の話を聞かれたら、どんな顔をなさることか！　工場は僕が入手したときは、先行きがよかったのです。ブームだったから。でも不景気になると、いけなくなりました。今となっては一文の価値もないのです。
イーヴァ　でも、資本金が増せば、景気が上向くまで待つ余裕ができるのじゃなくて？
コリー　父上は今でも僕を認めてくださっていません。それに加えて、もし僕があなたをそそのかして、破産寸前の工場に投資させたりしたとしたら、悪辣《あくらつ》な詐欺師だと思われるに決まっています。
イーヴァ　あなたは父が、父がとおっしゃるけど、これはあなたとわたしの問題じゃありませんか！

コリー あなたがご親切で、人のためにあれこれ尽くしてくださるのは分かりますが、やはり限度があります。それに、いつか結婚されるかもしれません。そういうとき、一千ポンドあればとても役立ちます。
イーヴァ あなたのようにわたしにとって意味のある人に差し上げるのが、一番有用な使い方ですわ。
コリー 本当に申し訳ない。喉から手が出るほど、そのお金が欲しいのですが、あなたから受け取るわけには行きません。
イーヴァ わたしに好意を持ってくださっていると思っていましたのに。
コリー もちろん、好意を抱いていますとも。とてもよい友人ですよ。
イーヴァ もしかしたら友人以上の関係になるかも、と思っていました。(一瞬の沈黙。彼女はとても恥ずかしがっていたが、思い切って言ってしまう)もし婚約していれば、あなたが困ったときに助けるって自然なことになるわ。
コリー でも婚約していません。
イーヴァ 婚約しているふりをすればどうかしら。一時期だけ。そうすれば、お金を貸してあげられ、父も経営がうまく行くように取り計らってくれるわ。
コリー そんなのおかしいですよ。小説などにあるお話です。夢みたいなことを考えても仕方ないです。

イーヴァ　婚約は経営が順調になったとき、解消したっていいのよ。
コリー　そんなけしからぬ男の役を僕に演じろとおっしゃるのですか?
イーヴァ　(かすれ声で)もしかすると、婚約しているって考えに慣れてきて、解消しようと思わないかもしれないじゃない?
コリー　一体、どうしてそんなことを考え出したのです?
イーヴァ　あなたは孤独だし、わたしも孤独。わたしたちのことを思ってくれる人はこの世の中に誰もいないわ。
コリー　ひどい思い違いですよ!　あなたには、あなたを愛しているご家族の皆さんがいるじゃありませんか!　皆さん、あなたを頼りにしている。家全体があなたを中心にして動いていますよ。
イーヴァ　家を出たいのです。家にいてとても不幸なのです。
コリー　そんなこと信じられませんよ!　気が立っていて、疲れていらっしゃるだけのことです。気分転換をなさるのが良いかもしれませんね。
イーヴァ　分かってくださらないのね。よくもそんなに意地悪になれるわね。
コリー　僕は意地悪などではありません。とても感謝しています。
イーヴァ　これ以上は、女の口からは言えないわ。ああ、恥ずかしい!
コリー　ごめんなさい。お気持を傷つけるつもりはないのです。

イーヴァ とにかく、わたしはそんなに年取っていないのよ。求婚してくる男性は多くいたわ。

コリー そうでしょうとも。あなたがいつの日か本当に気に入る男性を見つけて、よい奥さんになると確信していますよ。（彼女は泣きだし、彼は困った顔でそれを見る）ごめんなさい。

（彼女は答えず、コリーは黙ったまま部屋を去る。イーヴァはすすり泣く。しかしドアの開く音を聞くと、驚いて姿勢を正し、涙が見えぬように顔をそむける。現れたのはハワードである。彼はほぼしらふである）

ハワード コリー君は？

イーヴァ わたしが知るわけないでしょ？

ハワード ブリッジに必要なんだ。

イーヴァ でもここにいないの分かるでしょ？

ハワード たしかにここにいたんだが。

イーヴァ （地団太を踏んで）とにかく今はいないじゃないの！

ハワード ヒステリーだな。穏やかな天使はどこに行ってしまったのかな？

イーヴァ あなたっておどけているのね。ひどく滑稽よ。

ハワード 姉さんがここで何をしていたのか、知ってるぞ。コリー君を口説いていたんだろ？

イーヴァ　（ひどく怒って）この酔っ払い！　あんたなんか、呪われるがいいわ！

（部屋を飛び出す。ハワードは口をすぼめ、にやりとする。食器棚に行き、ハイボールをつくって飲む。すすっている間にロイスが現れる）

ロイス　あら、兄さん、ブリッジをしているのかと思っていたわ。

ハワード　いやあ、父さんがコリー君に用があったのでね。シドニー兄さんとウィルフレッドさんは二人でピケットをやっているよ。

ロイス　それでこっそり飲みに来たのね。

ハワード　だってさ、元気を出すものが欲しかったんだ。さっき姉さんにどやしつけられたからな。姉さん、下品な言葉でおれを罵《ののし》ったんだ。酔っ払いの役立たずだとさ！　育ちの良いお嬢さんがそんな言葉遣いをすると、がっくりくるなあ。

ロイス　どうしても飲まなくちゃいられないの？

ハワード　うん、まあそうだな。おやじは酒で死んだし、おやじの父もそうだった。そういう血筋ってとこかな。

ロイス　エセル姉さんが気の毒だわ。

ハワード　エセルは辛抱することがいろいろあるなあ。聞かなくても分かっている。本当に、おれも分かっちゃいる。何しろ、あいつは淑女だものな。おれには勿体《もったい》ない女だ。

ロイス そうよ、兄さんには勿体ないわよ。

ハワード そうなんだ。淑女だ。一目見りゃあ分かる。問題は、いつも淑女でしかないってことなんだよ。決してだらけたりしない。おれだって、その気になれば紳士になれる。だが、いつも紳士っていうのは嫌だ。ときには、羽目を外してげらげら笑うとか、ふざけたい。エセルは決してそうはしない。まあ、ここだけの話だけど、あいつはユーモアの感覚がないんだ。

ロイス 十五年も兄さんと結婚していたら、ユーモアの感覚が薄れるのも当然だわ。

ハワード おれは、面白い女がいいんだ。生きてるうちに人生を楽しもう、って思っているからな。静かにじっと座っているのは、死んで埋葬されてからでいい。

ロイス それは一理あるわね。

ハワード 勘違いしないでほしいんだが、エセルについて文句を言っているんじゃあないよ。おれも紳士の端くれとして、そんなことはやらん。あいつのほうが階級が上だ。分かっているさ。おれは一介の農民だ。ただな、自分の女房をいつも尊敬するっていうのも面白くねえ。

ロイス 姉さんと結婚しろって誰も頼んだわけじゃないでしょ。

ハワード ロイス、君があの当時、大人になっていりゃあなあ。エセルじゃあなく、君を選んだところだ。

ロイス　それって、お世辞のつもり？
ハワード　君はエセルの半分も淑女じゃあないし、結構、あばずれだと思う。だから君とおれならピッタリだ。
ロイス　酔ってるのね。
ハワード　いやあ、違う。しらふだ。
ロイス　じゃあ、酔っているときの兄さんのほうがいいわ。
ハワード　キスしてくれ。
ロイス　ほっぺたを張られたいの？
ハワード　構わんよ。
ロイス　いけずうずうしいわ。
ハワード　さあ、いいじゃあないか。
ロイス　いやよ、地獄にでも行けば！
ハワード　一緒に行こうや。（さっと体を翻して、ロイスを抱きしめ、口にキスする。彼女は身を振りほどく）
ロイス　よくもやったわね！
ハワード　嘘つけ！　結構喜んだくせに！
ロイス　胸がわるくなったわ。牛臭くて。

ハワード　その臭いが好きな女が多いんだ。妙な気分になるらしいぜ。
ロイス　汚らしい奴！
ハワード　もう一度どうだ？
ロイス　姉さんがいなかったら、お父さんに言いつけにゆくところだわ。
ハワード　笑わせるな。おれが女のことを知らんとでも思っているのか？　それからよ、ロイス、もし男のことを知らんのなら、知ったらいいんだ。そんな可愛い顔しているくせに、男を知らんとは、恥ずかしくないか。人生の楽しみを知らんで、自分がどんなに損しているか、考えてみろよ。
ロイス　自惚れているわね！　自分がもてると思っているんでしょう！
ハワード　根拠があるんだぞ。もちろん、戦時中とは違うけどな。ああ神様、戦争がいつまでも継続していたら、どんなに良かったことか！　天国みたいだった。気に入った女の子がいたら、庭の奥へ引っ張り込んで、好きなことができたんだ。もちろん、もてもてだったのは、軍の制服を着て、勲章貰ったりしたことも関係あったけど。
ロイス　いやな人！
ハワード　（秘密めかして）どうだい、農場に数日こないか？　良い思いをさせてやるよ。
ロイス　あたしをどんな女だと思っているの？
ハワード　気取ることはない。君もおれと同じ人間だろう？　人生の喜びを全然経験せずにここで朽ちて行くなんて、詰まらないじゃないか！　農場に来いよ。子供はみな寄宿学校に行ったから、部屋は空いてる。

ロイス　酔ってないのなら、気がおかしいのよ。

ハワード　いや、違う。ロイス、君はきっと来るよ。

ロイス　（軽蔑したように）どうしてそう思うの？

ハワード　教えよう。おれが君を抱きたがっているだろ、そして、君はそれを知っている。これくらい女をその気にさせるものはないんだ。ああ、君をどんなに抱きたいか！

（彼が彼女を見つめる。その欲望の激しさが部屋に充満する感じ。ロイスは思わず胸に手をあてる。彼女は息遣いを抑える。沈黙がある。アーズレイ夫人が入ってくる）

ロイス　（我に返って）ああ、お母さん！

ハワード　今ロイスに農場に泊まりに来いって言っていたところです。彼女には気分転換が要ると思ったものですから。

アーズレイ夫人　あなたも同じ意見でよかった。エミリ伯母のところに数日行くようにと、ついさっき勧めたのです。

ロイス　あたし考えていたんだけど、お母さんの勧めに従います。いつ行くのがいいかしら？

アーズレイ夫人　早いほうがいいわ。明日でどう？

ロイス　はい、そうします。伯母さんに電報で知らせます。

アーズレイ夫人　その必要はないわ。もうお母さんが、明日夕飯に間に合う時間にあなたが着くって連絡しておいたわ。

ロイス　そうなの？　お母さんも強引ねえ。

アーズレイ夫人　あなたはいい子だもの、お母さんの勧めを無視するはずないと思ったのよ。

ロイス　あたし、いい子じゃないけどね。でもお母さんは良い母よ。（やさしく母にキスする。夫人はにこにこして娘の手を軽く叩く）

第二幕終わり

第三幕

場面　アーズレイ家の応接間。天井の低い大きな部屋。フランス窓で第一幕の舞台のテラスに出られる。装飾は古風で、ありきたりだが心地よい。夫妻が結婚した時に新調して以来そのままである。額縁入りの名画の複製、水彩画、フィレンツェのレリーフのコピー、武器をあしらった木製の盾、イギリスの古い陶器の皿などが、壁に所せましと飾られている。補助テーブルは装飾用小物で一杯である。安楽椅子とソファには色あせたクレトン更紗のカバーがかかっている。

雨風の一日で、暖炉では火が燃えている。四時半頃で、薄暗くなりつつある。ウィルフレッドが暖炉の側に立ち手をかざしている。上着にスカート姿のロイスが入ってくる。

ロイス　（手を差しのべて客のほうに行く）こんにちは。母は留守なの。お茶までに戻るけど。スタンベリまで出かけました。

ウィルフレッド　知っている。メードには、君に会いたいと言った。今日出発するって本当なの？

ロイス　ええ、カンタベリの伯母の家に二週間泊まりに行くの。

ウィルフレッド　わたしにさよならも言わずに、行ってしまうつもりだったのか？

ロイス　母が伝えてくれると思ったのよ。

ウィルフレッド　（興奮してかすれ声になり）お願いだ、行かないでくれ！

ロイス　（冷淡に）どうして？

ウィルフレッド　なぜ行く？

ロイス　あたしに気分転換が必要だって母が思ったからよ。伯母の家には年に一、二度二週間泊まりにゆくことになっています。伯母は名づけ親で、亡くなったら遺産を残してくれるって言っているわ。

ウィルフレッド　明日ロンドンに行って、昨日話した金額を君名義で信託する予定だったのだ。

ロイス　そんなばかばかしいこと言わないで。まるであたしがお金を欲しがっているみたいじゃありませんか！　たとえあなたと駆け落ちするとしても、お金はお断り。自由が大事だから。

ウィルフレッド　ここでの最後の二週間、わたしと付き合ってくれてもよかったのに。君にはどうでもいいことかもしれないが、わたしには大事なのだ。

ロイス　伯母の家に行くことがどうして分かったの？

ウィルフレッド　グゥエンから聞いた。

ロイス　奥様はどうしてご存じ？

ウィルフレッド　君の母上から電話をもらった。

ロイス　そうなの！

ウィルフレッド　昨日、妻が母上に会いに来たのはバザーのことだったというけど、あれ本当かな？

ロイス　そうでないにしても奥様は母に向かってあたしに文句をつけるなど、とてもできなかったでしょうよ。母のことご存じないわね。家族の悪口など誰にも言わせない。みんなは穏やかで上品な母の面しか見ていないのよ。母の意に逆らうようなことをしたら、梃《て》子《こ》でも動かない人なのよ。

ウィルフレッド　グゥエンの奴、真珠のこと見破ったな。

ロイス　（外しかけて）あら、忘れるところ。今お返しします。

ウィルフレッド　返さないでくれ。お願いだから。君には邪魔にならぬし、わたしは嬉しいのだから。

ロイス　なぜそんなことを？　もしかしたら、あなたとはもう会わないかもしれないじゃないの。あなたにしてみれば、お金の無駄遣いになるわ。

ウィルフレッド　わたしのプレゼントを君が身に着けていると思いたいのさ。わたしが手で触れた物だ。それが君の体の温かさを持ち、首の柔らかさに触れていると思いたい。

ロイス　（心を動かされて）こんな高価なアクセサリー身に着けたことないわ。こんなこと言って、あたしって娼婦《しょうふ》みたいね？
ウィルフレッド　一ポンドだ、気にしないでいい。
ロイス　嘘つき！　あなたのプレゼントだと奥様分かったの？
ウィルフレッド　そうは言ってない。ただ他に買える者がいないのを知っている。
ロイス　それで、あなたに文句をおっしゃるの？
ウィルフレッド　いや、それはない。わたしを恐れているのだろう。
ロイス　どうして？　あなたって、そんなに怖い人なの？
ウィルフレッド　君はそう思わないだろうよ。
ロイス　あたしに夢中なの？
ウィルフレッド　そうだ。
ロイス　不思議だわ。なぜかしら？
ウィルフレッド　君にふられて胸が痛む。君がわたしを愛してくれないと承知している。愛する理由などないのも分かっている。でももしかすると、愛してもらえるかも……つまり、もしわたしが親切を尽くし辛抱強くしていればね。ロイス、君を幸福にするためなら、どんなことだってするよ。
ロイス　奇妙ねえ。誰かに愛されていると思うと、おかしな気分になるのね。
ウィルフレッド　グゥエンから君が伯母さんの所へ行くと聞いて、目の前が真っ暗になった。あいつは、さりげない口調で言っただけだが、それが胸に短剣のように突き刺さったと心得ていて、わたしの顔が青ざめるのをしっかり見ていたよ。

ロイス 奥様もお気の毒ね。嫉妬《しっと》心は人を邪悪にするものね。

ウィルフレッド グゥエンなんか、犬にでも食われろ。わたしはもう自分のことしか考えられない。わたしには君がこの世のすべてだ。他の者は皆犬に食われろだ。ねえ、ロイス、これがわたしには最後のチャンスなんだ。

(彼女はゆっくりと頭を横に振る。彼は一瞬絶望的に彼女を見つめる)

ウィルフレッド 君を説得するには何と言えばいいのだろう?

ロイス 何もないわ。

ウィルフレッド 万事休す、か。わたしはもうお仕舞いだ。

ロイス そんなことないわ。いずれあたしのことなど忘れるわ。いつリビエラに出発なさるの?

ウィルフレッド 君にはどうせ冗談にすぎないのだろう。(激して) ああ、年は取りたくないものだ!

(イーヴァが現れる)

イーヴァ どうしてカーテンが閉まっていないの? あら、ウィルフレッドさん!

ウィルフレッド (自然にさりげなく) こんにちは。

イーヴァ　電気をつけるわ。（ロイスがカーテンを閉めている間にイーヴァが電気をつける）
ロイス　嫌な日ね。
ウィルフレッド　もう失礼します。
イーヴァ　あら、お茶までいらしたらいかが？　シドニーが丁度ここに参ります。あなたとピケットをしたがるでしょう。
ウィルフレッド　残念ですが、もう帰りませんと。ロイスさんに別れを告げにきただけです。
イーヴァ　いずれまた近くお目にかかれるのでしょう？
ウィルフレッド　ええ、そうなりましょう。（イーヴァと握手する。ロイスが手を出す）
ロイス　さようなら。奥様によろしく。
ウィルフレッド　ではさようなら。（退場）
イーヴァ　あの人、どうしたの？　いつもと様子が違うじゃない。
ロイス　そう？　気づかなかったわ。
イーヴァ　もう荷造りは全部できたの？
ロイス　ええ。
イーヴァ　五時五十分ので行くの？
ロイス　ええ。
イーヴァ　それならゆっくりお茶を飲めるわね。エセルが来るのよ。

ロイス 知ってる。エミリ伯母さんにウズラを届けるよう頼まれたわ。
（シドニー登場）
シドニー お茶はまだ？
イーヴァ まだ五時になってないわ。
シドニー 火はいいなあ。僕の部屋のガスストーブは嫌いだよ。母さんはまだ戻らないの？
イーヴァ ええ。お茶までに戻るって。
ロイス ハワード兄さんが、この冬は厳しいだろうと言っていたわ。
シドニー 言葉だけでも楽しいって言えばいいのに。
ロイス あたし、冬は嫌い。
イーヴァ もし冬がなければ、春を楽しめないじゃないの。
シドニー 姉さん、そんな分かりきったことをどうしてわざわざ言うのさ？
イーヴァ でも真実でしょ？
シドニー ２プラス２は４だけど、だからといって、わざわざ言う人はいない。
ロイス レコードかけるわね。
イーヴァ 後生だからやめて！　気が狂うわ。
ロイス じゃあ、やめておく。（ロイスとシドニーは驚いて姉を一寸見る）
イーヴァ わたし、今日は気が立っているの。東風のせいでしょうね。

シドニー　ロイス、編み物を取ってくれる？

ロイス　はい。

（編み物を渡す。シドニーは喋りながらも、機械的に編み物の手を動かす）

シドニー　コリーさんは来るかなあ？

イーヴァ　お茶に来るように電話したけど、今日は工場にこなかったみたいなの。

（ハワードとエセル登場）

エセル　みんな元気？

シドニー　やあ、こんにちは。

ハワード　ウズラを持ってきたよ。数日間つるしておくといい。昨日獲ったばかりだから。

シドニー　今年はウズラはよく獲れたの？

ハワード　ほどほどだな。何をやっているんだね？

シドニー　タッチングという編み物だ。

イーヴァ　レコードかけたければ、かけてもいいわ。

ハワード　おれがやるよ。（蓄音機に近づき、取っ手を回して、レコードを回転させる）

エセル　ロイス、エミリ伯母さんの家じゃ退屈でしょうね。

ロイス　読書でもするわ。

エセル　伯母さん、早く亡くなって、あなたにひと財産残してくれるといいけど。

ロイス あまり財産はないみたいよ。
（突然、アーズレイが部屋に飛び込んでくる）
エセル あら、父さん。
アーズレイ レコード止めなさい！
イーヴァ どうしたの？
（蓄音機の側にいたハワードがレコードを止める）
アーズレイ 大変なことが起きた。すぐ知らせたほうが良いと思って来たんだ。
イーヴァ （叫び声をあげて）コリーだわ。
アーズレイ どうしてわかった？
シドニー 父さん、話してください。
アーズレイ たった今警察から電話があった。事故があり、コリー君が撃たれたそうだ。
ハワード 撃たれたって？ 誰に？
アーズレイ 自分で撃ったらしい。
イーヴァ 亡くなったの？
アーズレイ ああ。
（イーヴァが大きく、長い叫び声をあげる。とても人間の声だとは信じられないような声である）

エセル　姉さん！
（イーヴァが両手を上げ、手を固く握りしめて、父に向かって突進する）
イーヴァ　父さん、よくも殺したわね！　ひどい人！
アーズレイ　わたしが？　一体何を言うのだ？
イーヴァ　人でなし！　人でなし！
エセル　（姉を押さえようとする）姉さん！
イーヴァ　（怒って身を振りほどき）触らないでよ！（父に向かって）その気になれば救えたのに！　父さんなんか大嫌いよ。憎らしいわ。
アーズレイ　イーヴァ、お前、気でも狂ったのか？
イーヴァ　父さんが死に追い込んだのよ。チャンスを与えてあげなかったわ！
アーズレイ　何を言うのだ。何回も、何回もチャンスを与えたんだ。
イーヴァ　ふん、そんなの嘘！　彼はお金を貸してください、時間をください、と頼んだのよ。でも誰一人助けようとしなかった。軍人として彼が国民のために何度も命を危険にさらしたのを、誰一人思い出してあげなかった。みんな、動物以下だわ。
アーズレイ　何を下らんこと言うのだ！
イーヴァ　この土地の連中は皆、世間様の前で恥じるといいんだ。このけち臭い土地では、勇敢で颯爽《さっそう》たる紳士が、誰からも二百ポンドを借りられなかったお蔭で、死に追いやられたと公表したらいいんだ。

アーズレイ イーヴァ、下品な言葉遣いはいかん。お前はそういうが、二百ポンドでは到底救えなかったのだ。まあ、刑務所行きは免れたかもしれんがね。

イーヴァ 刑務所行き？

アーズレイ ああ、今朝逮捕状が出た。

イーヴァ 可哀そうなコリー！　もう我慢できない。残酷だわ、残酷だわ。（とめどもなくすすり泣く）

アーズレイ さあさあ、落ち着きなさい。そんなに思い込むことはない。寝室に行って横になって休むといい。エセルが額をオーデコロンでぬぐってくれるよ。もちろん、コリー君は気の毒だった。わたしくらい、残念に思っている者はいない。可哀そうに、絶望的な状況のなかで、自分の過去の業績を汚さぬベストの方法を選んだと言えぬこともないな。

（父が話している間、イーヴァは頭をあげ、激しいショックの表情で父を見ている）

イーヴァ さっきまで生きていたのに死んでしまった。永久に会えなくなってしまった。生きていられた年月を奪われた。哀れに思わないの？　ほとんど毎日、ここへ来ていたじゃないの？

アーズレイ いい男だった。紳士でもあったし。だが、残念なことに、商売人としては落第だった。

イーヴァ　商売が下手だなんて全然問題じゃないわ。
アーズレイ　お前はそうだろうが、債権者の立場では違うよ。
イーヴァ　わたしにとってコリーはこの世のすべてだったわ。
アーズレイ　そんな大袈裟《おおげさ》な言い方はおかしい。もっと理性的になってもいいのじゃないかな。
イーヴァ　彼はわたしを愛したし、わたしも彼を愛したのよ。
アーズレイ　いい加減なことを言うのはいかん。
イーヴァ　婚約していたんです。
アーズレイ　（びっくりして）え、何だって？　いつ婚約したのだ？
イーヴァ　ずっと以前だわ。
アーズレイ　だったら、お前は、逃れたことを喜ぶべきだよ。彼は結婚などできる状況になかったのだから。
イーヴァ　（苦痛の表情で）わたしの唯一のチャンスだったのに。
アーズレイ　お前にはいい家庭がある。ここに居たほうがずっといいよ。
イーヴァ　ここにいてみんなの役に立てというの？
アーズレイ　それでいいじゃないか。
イーヴァ　幸福な生活をする権利は、わたしにもあるはずよ。

アーズレイ　もちろんそうだよ。

イーヴァ　父さんは、わたしが結婚するのを邪魔するためにあらゆることをしたわ。

アーズレイ　バカな！

イーヴァ　なぜわたしだけが皆の犠牲にならなければならないの？　どうして皆の言うことを聞いてあげなくちゃならないの？　いつもわたしだけが仕事をさせられるの？　もう利用されるのはたくさん。父さんにはうんざり。シドニーにもうんざり。ロイスにもうんざり。家族みんなにうんざりよ！（喋っている間に、興奮状態は制御できなくなる。近くに小物でいっぱいのテーブルがあるが、彼女は物凄い勢いでひっくり返す。載せてあった品が全部あたりに飛び散る）

エセル　姉さん、どうしたの？

イーヴァ　もういや、いや、いやだったら！（叫び声を上げながら、床の上に倒れ、床を拳固でヒステリックに叩く）

アーズレイ　やめさせろ！

ハワード　あっちに連れて行きます。（イーヴァを抱き上げて、部屋の外に運ぶ。アーズレイがドアを開け、エセルと共に後に従う。ロイスはシドニーと二人だけになる。彼女は、青ざめ震えながら、様子すべてを恐ろしげに眺めていた）

ロイス　イーヴァ姉さん、どうしたのかしら？

シドニー　ヒステリーだよ。びっくりした？
ロイス　怖くなったわ。
シドニー　チャーリー叔父さんに電話しよう。姉さんには医者が要る。（シドニーは出て行く。ロイスはじっとしたまま。体の震えがまだ治まらない。ハワードが戻ってくる）
ハワード　食堂のソファに寝かせてきた。
ロイス　お父さんとエセルがついているのね？
ハワード　うん。（ロイスを見て、怯《おび》えているのに気づき、肩に手を回す）可哀そうに、姉さんは気の毒だったな。君もびっくりしたろう。
ロイス　（ハワードに手を回されているのに気づかず）怖かったわ。
ハワード　心配無用だよ。ああやってガス抜きするのがいいのだ。気にしなくても大丈夫さ。（体をかがめてロイスの頰にキスする）
ロイス　どうしてそんなことするの？
ハワード　君が怯えていて可哀そうだったからさ。
（彼女は振り向いて彼の顔を考え深そうに見る。彼はなかなか魅力的な微笑を浮かべる）
ハワード　おれ、別に酔ってなどいないよ。
ロイス　腕をどけたほうがいいわ。エセル姉さんがいつ戻ってくるか分からないから。
ハワード　おれ、君のことが大好きだ。君はどう？

ロイス　（みじめな口調で）あんまり。
ハワード　エミリ伯母さんの家に泊まりに行ったら、訪ねてゆこうか？
ロイス　なぜ？
ハワード　（低い情熱的な声で）ロイス、分かるだろう？
ロイス　（好奇心で彼を見て、それから無愛想に）人間っておかしな存在ねえ。あたしは、兄さんが碌《ろく》でなしだって頭では分かっているの。軽蔑しているのよ。兄さんがあたしの心の奥を覗けないのは幸いね。
ハワード　奥に何があるのだ？
ロイス　欲望よ。
ハワード　どういう欲望だ？　何を言ってるのか、おれには分からん。
ロイス　どうせ兄さんには分からないだろうと思ったから、話したのよ。何て恥ずかしくって醜いものかしら！　と自分で思ってるの。でも、そう思ったからって欲望は消えるわけじゃないのね。
ハワード　いやあ、意味が分かったよ。それでいいさ。時間をかけていい。おれ待っているから。
ロイス　（冷たく無造作に）嫌な人！
（シドニーが現れる）

シドニー　チャーリー叔父さんは往診中で、まもなく来てくれる。
ロイス　お母さんもじきに戻るわね。
シドニー　ロイス、駅までどうやって行くつもり？
ハワード　よかったらおれが車で送って行こうか？
ロイス　大丈夫。もう頼んであるから。
（アーズレイ登場）
アーズレイ　チャーリーが来た。イーヴァをベッドに運んでいる。
ロイス　あたしも行って、手伝うことがあるかどうか見てくるわ。（退場）
アーズレイ　（シドニーに）イーヴァがコリーと婚約していたって、お前は何か知っているかい？
シドニー　あれ、嘘だと思いますよ。
アーズレイ　作り話だというのかね？
シドニー　だとしても驚かないな。でも姉さんは本当だと言い張るでしょう。今となっては嘘だと証明できないからな。
アーズレイ　コリー君の件は、困ったことだったね。誰よりもわたしは心苦しいよ。
シドニー　従軍して勲章を貰うような活躍をしたあげくが、こんなことになるとはなあ。
アーズレイ　海軍士官としてはとても立派だったのだが、実業では落第だった。まあ、結局、その点が問題だったのだ。

シドニー　今父さんが言った言葉全部を墓に刻んでやりましょう。すごくいい墓碑銘になりますよ。

アーズレイ　それ冗談かね？　悪趣味だぞ。

シドニー　（冷静に、苦々しい口調で）このことでは僕にも言い分があります。戦争が勃発した時は、イギリス人の誰もが熱狂的でしたね。どんな犠牲も値すると思った。内気な国民性だから大袈裟なことは言わなかったけど、名誉とか愛国心などは単なる言葉以上のものとして尊重していました。そして戦争が終わってからも、戦死者は無駄死にでなかったと本気で考えた。負傷して、働けなくなった者も、国家国民のために尽くしたという思いで自分を鼓舞していた。

アーズレイ　そうだ、立派な目的のために犠牲になったのだ。

シドニー　父さんはまだそのように思うのですか？　僕は違う。戦傷者は国を牛耳っている無能な愚か者に騙《だま》されたのだと信じている。奴らの虚栄心や強欲や愚かさの犠牲にされたと信じている。僕の目から見て一番けしからぬのは、奴らが何一つ学ばなかったことだ。今でも以前同様に虚栄心が強く、強欲で愚かしい。でたらめの政治を続け、そのうちにまたぞろ戦争に突入するに決まっている。もしそんな事態になったら、僕はどうするか決まっているんだ。街頭に立って、大声で訴えてやる。「僕を見てください。騙されてはなりません。政治家共が名誉だの愛国心だの栄光だのと言っているのはすべて嘘八百のでたらめです。でたらめ、でたらめ、でたらめ、でたらめだ」

ハワード　でたらめだって構わないよ。戦時中はおれには最高だった。責任はないし、金は豊富。あんな大金、戦前も戦後も見たことないな。女の子は手当たり次第にモノにできたし、ウイスキーは飲み放題。どんなにわくわくしたことか！　塹壕《ざんごう》じゃきつかったが、その後楽しみがいっぱいいさ。休戦協定が結ばれた日が不幸の始まりよ。今じゃ何があるっていうのだ？　来る日も来る日も、食ってゆくため働きづめだ。また開戦になったら、その日に入隊を申し出る。早く開戦すればいい。誓って言うが、軍隊での生活こそ生き甲斐ある日々というものだ。

アーズレイ　（シドニーに）お前は人並み以上に苦労したからな。よく分かるよ。だがな、ひどい目に遭ったのはお前だけじゃない。わたしだって、お前に弁護士を継いでもらえなかったということでは不幸だった。爺さんから三代続きで弁護士になるという夢も消えた。戦争だって、わたしくらい戦争が嫌いな者はいないよ。しかし、開戦となれば、誰でも皆、以前と同じく、義務をはたすべきだ。わたしは今度の戦争では高齢のために入隊できなかった。無念だった。でもできるだけ国に貢献したいので、特別警官に任命してもらった。今後また戦争になれば、協力する心得はできている。

シドニー　（歯を食いしばって）神よ、忍耐心を！

ハワード ハイボールをやるといい。気分がよくなる。
シドニー ハイボールで半分気の狂った姉さんや、刑務所行きより自殺を選んだコリーや、僕の失明を忘れられるか?
アーズレイ だがな、シドニー、それはこの家族や身近な人のことだ。他の家族より、我が家は余計に被害が大きかったのかもしれん。でも例外かもしれんな。
シドニー 父さんには戦争の悲惨さが分からないのですか! イギリスだけじゃない。ドイツでもフランスでも、我が家と同じ不幸をなめた家族でいっぱいだよ。どこの国でも、庶民は平和に静かに、おとなしく生活していたのに、急に戦争などに巻き込まれ、駆り出されてひどい目に遭ったのですよ。ああ、父さんと議論しても仕方ないな。
アーズレイ シドニー、要するに、お前は考えすぎだよ。
シドニー (微笑を浮かべて) そうかもね。だって考える以外に僕にはすることがないもの。切手の蒐集《しゅうしゅう》でもしようかと考えているところです。
アーズレイ そりゃいい考えだ。うまく行けば、儲かることさえあるらしいからな。いい投資かもしれん。
(アーズレイ夫人が現れる。帽子とコートのままである)
シドニー お母さん、お帰りなさい。
(夫人は一寸疲れた様子で座るが、そのとき、イーヴァがテーブルをひっくり返したため

に、床に色んなものが飛び散っているのに気づく）
アーズレイ夫人　ピクニックでもしていたの？
アーズレイ夫人　イーヴァがテーブルをひっくり返したのだ。
アーズレイ夫人　ふざけて？　それとも怒って？
ハワード　片づけましょう。
アーズレイ夫人　そうね、散らかっていてだらしないわ。
（ハワードが拾い集め、テーブルも元通りに戻す）
アーズレイ　コリー君が自殺したんだ。
アーズレイ夫人　そうですってね。気の毒ねえ。
アーズレイ　イーヴァはそのことでヒスを起こした。
アーズレイ夫人　可哀そうに。あの子のとこに行くわ。
アーズレイ　チャーリーが付き添ってくれている。
シドニー　お母さん、お茶を飲んでからにしたらいかがです？　疲れているみたい。
アーズレイ夫人　そうね、一寸疲れたわ。（プレンティス医師が入ってきて、夫人は笑顔であいさつする）チャーリー、こんにちは。イーヴァの部屋に行こうとしていたところよ。
プレンティス　後にしたほうがいいよ。鎮静剤の注射を打ったところだから。しばらく寝かせておいたほうがいい。

アーズレイ　チャーリー、座ってくれ。わたしは事務所に行ってくる。済まさなければならない仕事がいくつかある。十五分もしたら、お茶を飲みに戻ってくるよ。

アーズレイ夫人　分かりました。

（アーズレイ退場）

ハワード　（片づけを終えて）さあ、これでいい。並べ方はこれでいいだろうな。

アーズレイ夫人　ご苦労様。

ハワード　わたしはコリー君の工場に行ってこようと思います。目を付けておいた物がいくつかあるんです。他の者に盗まれないように、片づけておかなくちゃ。

シドニー　ああ、そうだね。

ハワード　エセルにはすぐに迎えにくるって言っておいてください。（退場）

シドニー　お母さん、専門医の診断はどうだったの？

アーズレイ夫人　シドニー、何の話？

シドニー　ごまかさないで、お母さん。いつもは、自分の行動について家族にあまり言わないくせに、今日だけはスタンベリでの午後の行動をばかに詳しく話したじゃありませんか。だから専門医に診てもらいに行くと推察したのさ。

アーズレイ夫人　医者の言葉は信じないことにしていますよ。

プレンティス　わたしも医者だが、どう思われても結構だ。

アーズレイ夫人　イーヴァの容態はどう？

プレンティス　まだよく分からないけど、もしかすると数週間施設に入ったほうがいいかもしれない。

アーズレイ夫人　気が触れたの？

プレンティス　心が非常に乱れているなあ。往診に出たところでシドニーから電話をもらった。姉さん、マレー先生は姉さんを診てからすぐ電話をくれたよ。

アーズレイ夫人　余計なことをするのね。自分の仕事だけやっていればいいものを！

プレンティス　だって、それが彼の仕事だもの。

シドニー　席を外しましょうか？

（夫人は息子を思慮深そうに見る）

アーズレイ夫人　いいえ、よかったらいていいわ。でも編み物を続けて、聞こえないふりをしてね。

シドニー　了解。（編み物を取り、あたかも熱中しているように手を動かす）

アーズレイ夫人　話の邪魔はだめよ。

プレンティス　姉さん、マレー先生はぼくの診断を裏付けるだけだった。

アーズレイ夫人　（明朗に）だと思っていたわ。だって医者って、ぐるになっているからね。

プレンティス　緊急手術が必要だという点で、ぼくと同意見なんだよ。

アーズレイ夫人 そうでしょうね。
プレンティス 電話でさっき話した時、姉さんが手術を躊躇《ためら》っているとマレー先生が言っていたけど……。
アーズレイ夫人 いいえ、迷ってなんかいないわ。
プレンティス そう聞いてほっとした。姉さんは勇気がある。姉さんの良識を確信していた。
アーズレイ夫人 結構だわ。
プレンティス ぼくが全部お膳立てして、準備ができ次第、手術すればいいね。
アーズレイ夫人 手術はしないわ。
プレンティス 率直に言うよ。手術が命を救える唯一の手段なのだよ。
アーズレイ夫人 チャーリー、いいえ違うわ。わたしが生きている期間を延ばす唯一の手段でしょ。それもせいぜい半年か一年くらい。その後は再発。手術、何の意味があるの?
プレンティス 夫や子供のことも考えなくては。
アーズレイ夫人 考えているわ。とても費用がかかるようね。手術後はすっかり病人になってしまうから看護婦を雇うことになるでしょ。あれやこれやでものすごく面倒なことになるでしょうよ。
プレンティス 家族の気持を忘れているね。それに間違っているよ。
アーズレイ夫人 あんたとは、何十年もずっと一緒だったわね。気づいていると思うけど、わたしは一度こうと決めたら、意見を変えないのよ。

プレンティス　姉さん、愚かなこと言わないでくれよ。

アーズレイ夫人　わたし、何の不満もないの。不幸な一生だったわけではない。だからここらで最後でいいのよ。

プレンティス　マレー先生はちゃんと説明したのかな？

アーズレイ夫人　真実を話してとわたしから言いましたよ。

プレンティス　よく聞いてよ。本当のことだから。もし手術をしなければ、数ヵ月の命しかないんだ。

アーズレイ夫人　不思議ねえ。マレー先生もまったく同じこと、おっしゃったわ。

プレンティス　それで？

アーズレイ夫人　まもなく死ぬと言われた時、自分がどういう態度をとるだろうかって、これまでに考えたことがあるの。叫んだり、気を失ったりするだろうか、などと想像していたけど、実際は、叫びもしなかったし気絶もしなかったわね。奇妙なスリルを味わったの。空きっ腹にポートワインを飲んだみたい。マレー先生に診て頂いてから、スタンベリで買い物をしたの。普段より散財したようね。気分が浮き浮きして、軽はずみになったわ。

プレンティス　ぼくには真似できないなあ。

アーズレイ夫人　ぎりぎりになるまで事を行うなかれ、って主人がいつも言っているけど、この助言、案外正しいのが分かるわね。
プレンティス　兄さんの助言なんて！
アーズレイ夫人　わたしは何からも解放されたわ。もう何も気にしないでいい。案外、いい気分よ。
プレンティス　その後は？
アーズレイ夫人　その後はねえ、わたしと神様とだけのことね。神様といっても、お偉い学者たちのお蔭で、今では遠くの青ざめた影のような存在になってしまっているけど。
プレンティス　（しばらく考えた末に）姉さんが、事実を知り、自分で責任を取ろうと覚悟しているのなら、弟として何も言うことはない。おそらく姉さんの考えは正しいのだろう。勇気には感心する。ぼくにも姉さんくらいの勇気があって、姉さんの例に倣えればいいなと思うよ。
アーズレイ夫人　あなたに頼みたいことがあるの。
プレンティス　どんなことでも聞きます。
アーズレイ夫人　必要以上に苦しむのは御免なの。ねえチャーリー、あなたとはずっと気が合ってきたわね。
プレンティス　そうですね。
アーズレイ夫人　医者っていうのは残酷な連中で、病人が苦しむのに鈍感だわね。

プレンティス　医者に許されることで、痛みを和らげるどんなことでもするから安心してください。

アーズレイ夫人　それ以上のことをしてとお願いするのよ。

（長い熱心な眼差しが交わされる）

プレンティス　うん、それも引き受ける。

アーズレイ夫人　（態度ががらりと変わって、陽気に）じゃあ安心したわ。さあ、わたしが病気だっていうのを忘れてしまいましょう。

（シドニーが立ち上がり、母に近寄り、屈《かが》んで額にキスする）

アーズレイ夫人　あなた立っているのでお願いするけど、ベルを鳴らしてちょうだい。お茶が飲みたくて。喉がひりひりなのよ。

（シドニーがベルを鳴らすと、エセルが入ってくる）

エセル　母さんが戻ったの、気づかなかったわ。

アーズレイ夫人　数分前に戻ったの。（エセルが母の額にキスする）イーヴァのところに行こうとしたけど、チャーリー叔父さんに待てと言われたのよ。

エセル　姉さん、もう気分がよくなったみたい。

アーズレイ夫人　眠っている？

エセル　いいえ、本を読んでいるわ。

アーズレイ夫人　ロイスはどこ？
エセル　自分の部屋にいて、こっちへくるところ。
（メードが盆をもって登場。小さなテーブルに置く）
アーズレイ夫人　（メードに）誰が来ても会わないから断ってね。
ガートルード　畏まりました。
アーズレイ夫人　今日はもう人と会いたくないわ。
プレンティス　もう失礼する。
アーズレイ夫人　ばかなこと言わないで、お茶を飲んでいらっしゃい。
プレンティス　他の患者もいるから。
アーズレイ夫人　待ってもらえばいいじゃないの。
（ロイスが入ってくる）
アーズレイ夫人　ロイス、まだ出なくてもいいの？
ロイス　まだ大丈夫よ。駅まで五分もかからないから。
エセル　ウズラを忘れないでね。
ロイス　ええ。
アーズレイ夫人　エミリ伯母によろしく。
プレンティス　ぼくからも、よろしくね。

ロイス　はい。
アーズレイ夫人　伯母の庭の菊が見ごろでしょうね。
（ガートルードはお茶を運んできた後、出ていったが、また戻ってくる）
ガートルード　シダー奥様がお出でです。
アーズレイ夫人　どなたにも会わないと言ったでしょ？
ガートルード　はい。そう申し上げたのですけど、緊急なことで是非にとおっしゃるのです。
アーズレイ夫人　厄介な人ね。スタンベリから帰宅したばかりで疲れている、申し訳ないけど、どなたにもお目にかかれないと言ってみて。
ガートルード　はい、奥様。（メードが引き下がろうとした矢先、ドアがさっと開いてグゥエンが飛び込んでくる）
グゥエン　押しかけてきてごめんなさい。生死にかかわることなので。どうしてもお目にかかりたかったのです。
アーズレイ夫人　わたし、気分が優れないのですよ。明日まで待てません？
グゥエン　いえ、いえ、明日ではもう手遅れになるのです。ああ、神様、どうしたらいいか？
アーズレイ夫人　もういらしたのだから、座ってお茶でも召し上がれ。それが一番いいわ。
グゥエン　ロイスさんが主人と駆け落ちするのです！
アーズレイ夫人　まさか！　人騒がせなことを言うのは、いい加減止めてくださいよ。

グウェン 本当なのよ。
アーズレイ夫人 ロイスはね、わたしの義理の姉のところに二週間泊まりにゆくところですよ。昨日伺った話が本当とは思わなかったけど、あなたが気になさるのならと思って、あなたたち夫妻が当地を立ち去るまで行かせておくことに決めたのです。
グウェン いいえ、伯母様のところに行かず、スタンベリで主人と会うのです。一緒にロンドンに行こうとしています。
ロイス 何をおっしゃるの、奥様?
グウェン あなたが電話で言ったこと、わたしは全部聞きました。
ロイス (ぎょっとしたのをごまかして) それは、いつのことですか?
グウェン たった今よ。十分前。わたしの部屋の電話でも聞けると知らなかったんでしょう。わたしはね、あなたが思うような愚か者じゃありませんからね! 主人に電話したのを否定できる?
ロイス いいえ。
グウェン あなたは、「ウィルフレッドさん、いいわよ」と言い、主人が「どういう意味だ?」と言ったら、「すべてをお任せするわ。そっちは大丈夫? 駆け落ちするわ」と言ったわね。
エセル 妹はご主人と冗談を言っていたのよ。

グウエン　変な冗談ですわね。主人が「驚いたな。本気じゃあないんだろう?」と言ったら、あなたは「スタンベリで列車を降りるから、車の中で待っていて。車でロンドンに行く途中で話します」と言ったわ。
アーズレイ夫人　ロイス、本当なの?
ロイス　ええ。
シドニー　バカ者!
グウエン　ロイスさん、わたし、あなたに意地悪なんかしたことないわよね。よいお友達だったつもりよ。どうか、主人を奪わないでくださいな。
ロイス　奪ってなんかいませんよ。あなたは、何年も前に、彼を失っているのだわ。
グウエン　ロイスさん、あなたは若いから、これからいくらでもチャンスがあるけど、わたしはもう年だから、主人しかいないのです。主人に捨てられたら、きっと自殺するわ。
アーズレイ夫人　でもどうしてここにいらしたの?　ご主人のところにいらっしゃらなかったの?
グウエン　わたしのいうことなんかに耳を傾けてくれませんもの。ああ、わたしはばかだった。真珠を見たとき、気づくべきだったのに。
アーズレイ夫人　え、真珠ですって?
グウエン　ロイスさんが今着けているわ。偽物だなんて言うけど、本物ですよ。主人からの贈物です。

アーズレイ夫人　外して、グゥエンさんに渡しなさい。

（ロイスは無言で外して、テーブルの上に乱暴に置く）

グゥエン　わたしがそれに触れると思うの？　主人はわたしを嫌っています。ああ、誰かを愛しているのに、その人は、こちらをひどく毛嫌いしているなんて。とてもつらいわ。わたし、ひざまずいて主人に捨てないでと頼みました。でも、もうお前にはうんざりした、顔をみるのも嫌だ、と言いました。わたしを押し倒して、出て行きました。ドアがぱたんと閉まる音がしました。ロイスさんと会うために行ってしまったのです。（しゃがみこんで、止めどもなく泣きだす）

アーズレイ夫人　グゥエンさん、グゥエンさん、そんなに取り乱さないでください！

（グゥエンはしゃがんだままの姿勢でアーズレイ夫人ににじり寄る）

グゥエン　どうか行かせないで！　年を取ることのつらさはご存じでしょ？　どんなに無力か！　ロイスさん、後悔するわよ。主人がどういう男かご存じないのよ。飽きたらすぐ平気で捨てるの。これまで、いつもそうだった。あの人は無情で、残酷で、身勝手よ。ひどい目にあわされたわ。

アーズレイ夫人　もしそれが真実なら、そんな男と別れたら？　ちょうどよかったじゃありませんか？

グウエン　この年では新規蒔《ま》きなおしは無理です。年だから一人でやっていくのも無理。（ようやく立ち上がる）主人はわたしのものよ。離婚裁判でやっと手にいれたんです。絶対に離すものですか！（ロイスに向かって）彼との結婚は、絶対にさせないと、神に誓うわ。彼は最初の妻とは離婚したけど、あれは妻にお金がなかったから。わたしはお金があるから、絶対に彼と離婚しませんからね。

ロイス　あの人と結婚する気など、全然ありません。

グウエン　欲しいなら連れて行っても結構。いずれわたしの元に戻るから。あの人も年よ。無理して頑張っているけど、見せかけだけ。若ぶるのがどんなに負担になっていることか！死ぬほどくたびれているくせに、降参しないのね。ロイスさん、彼があなたにとって、何の役にたつというの？　あなたって、どうしてそんなに愚かなの？　恥を知るべきよ！

アーズレイ夫人　グゥエンさん、いい加減になさい！

グウエン　お金が目的なのね！　お金なんて呪われるがいい。主人はお金持ちだけど、お宅は皆さんお金がないのね。みんなで共謀しているんでしょう。そうよ、家族ぐるみで主人のお金にたかろうとしている！　見下げた一家だわ。

（プレンティス医師が立ち上がって、グゥエンの腕をつかむ）

プレンティス　シダーさん、さあさあ、いらっしゃい。もうたくさんだ。行きすぎです。お帰りなさい！

グウエン　一歩も動きません。
プレンティス　それなら、わたしが連れ出しますよ。（戸口に行くように促す）
グウエン　一家のことを言いふらすから、二度とふたたび、世間様に顔向けできぬようにしますからね。
プレンティス　もういい。出て行きなさい。
グウエン　ほうっておいてください！
プレンティス　お宅まで送って行きます。さあ、いらっしゃい。
（二人が退場。ドアが閉まった後、気まずい沈黙がある）
ロイス　お母さん、こんなみっともないことに巻き込んでしまってごめんなさい。
シドニー　謝って当然だよ。
エセル　あなた、まさか本気で駆け落ちする気じゃないでしょ？
ロイス　本気よ。
エセル　本気で愛しているはずなどないわ。
ロイス　もちろんよ。もし愛していたら、駆け落ちなんかするものですか！
エセル　（愕然《がくぜん》として）まさか、そんな！
ロイス　もしも愛していたら、怖いでしょう。
エセル　あなた、自分が何をしているのか、よく分かっていないのよ。もしあんな男を愛しているとしたら、不自然だしぞっとするわ。でも、もし愛しているのなら、まだ許せるけど……。

ロイス　姉さん、愛、愛っていうけど、愛によって姉さんはどうなったの？

エセル　え、わたし？　それどういう意味？　ハワードを愛して「いかなる運命になろうと末永く」と誓って結婚したのよ。

ロイス　そしてずっと、良き妻、良き母、操正しい女性だったわね。でもそれでどんないいことがあったの？　姉さんが年を取り、くたびれ、望みを失う様子を見て来たわ。ねえ、姉さん、あたし怖い、本当に怖いのよ。

エセル　わたし、結婚しなくてはならなくて、結婚したのじゃないわよ。父さんと母さんは反対だったのだし。

ロイス　イーヴァ姉さんのように家にずっといることもできたでしょうね。あたしもそうできるわ。でもね、エセル姉さん、怖いの。怖いの。イーヴァ姉さんのようになるのが怖いの。

エセル　母さん、止めさせてくださいよ。いけないことだし、正気の沙汰じゃないもの。

アーズレイ夫人　ロイスの言い分を聞きましょう。

エセル　（言いにくそうに）ここの誰かから逃れるために出て行くのじゃないわね？

ロイス　（微笑を浮かべ）そんなのあたしの性格からいってあり得ないわよ。

エセル　（ハワードのことなので恥ずかしそうに、気まずそうに）誰かがあなたに言い寄っていたかもしれないって思ったのよ。
ロイス 姉さん、そんなのばかげた考えよ。こんな淋しい土地に、あたしに言い寄る人なんかいるはずないわ。
エセル そうかしら。まあ、そんな気がしただけよ。じゃあ、お金が目的っていうわけね？
ロイス そうよ。お金がすべてをもたらすわ。自由とチャンス。
エセル 自由とチャンス？　そんなの言葉だけよ。
ロイス 何かが起きるのを待っているのに、もう飽きたのよ。どんどん時間がたってゆき、じきに手遅れになるわ。
アーズレイ夫人 いつ決めたの？
ロイス 三十分前よ。
アーズレイ夫人 どういう結果になるか、ちゃんと考えたの？
ロイス お母さん、そんなことしていたら、一生ここでぐずぐずしていることになってしまうわ。
アーズレイ夫人 あなたがやっていることはあまり感心できる話じゃないのよ。
ロイス 分かっているわ。
アーズレイ夫人 グゥエンさんにも悪いし。
ロイス あたしじゃなければ、他の女が現れるわ。

アーズレイ夫人　お父さんには大打撃になるわね。
ロイス　申し訳ないと思っています。
アーズレイ夫人　悪評判は一家にとって痛手だわ。
ロイス　仕方ないわ。
エセル　たとえ結婚する気だとしても、大騒ぎよ。グゥエンさんは絶対離婚に応じないって言っているから。
ロイス　結婚する気なんてないわよ。
エセル　もし捨てられたらどうするの？
ロイス　姉さんはあたしより年長だし、既婚者でしょ？　どうしてそんなにうぶなの？　男が自分に夢中だけど、こっちに全然その気が無い場合、自分がどんなに力があるものか、知らないの？
（ガートルードがティーポットとお湯を載せた盆を持って出てくる）
アーズレイ夫人　（エセルに）お茶の用意ができたって、お父様に言ってきて。（エセルは憮然《ぶぜん》とした表情で出て行く）
ロイス　あたし帽子をかぶりに行ってきます。（ガートルード退場）お母さん、がっかりさせてごめんなさい。悲しませたくないわ。
アーズレイ夫人　もう心が決まったの？

ロイス　ええ、すっかり。
アーズレイ夫人　やはりね。それなら、帽子をかぶりに行くのがよさそうね。
ロイス　お父さんはどうします？　話して大騒ぎをされるの嫌だわ。
アーズレイ夫人　あなたが行ったあとで話します。
ロイス　有難う。（彼女は出て行き、アーズレイ夫人とシドニーだけになる）
シドニー　行かせておくのですか？
アーズレイ夫人　止めようがないじゃないの。
シドニー　お母さんの病気のことを話せば？
アーズレイ夫人　棺桶に片足を突っ込んでいる身で、脅迫するなんて手遅れでしょ？
シドニー　話せば行きませんよ。
アーズレイ夫人　そうね。でも、シドニー、それはできないわ。あの子がわたしの死ぬのを待っていると考えるのは嫌よ。生きながらえたら謝らなくてはと毎日感じるのは嫌よ。
シドニー　ロイスは考え直すかもしれませんよ。
アーズレイ夫人　あの子は若いから先の人生が長いでしょ。どう生きるか、自分がベストと思うことをすべきよ。まもなくこの世を去るわたしが、あの子に影響をあたえるべきじゃないと思います。
シドニー　ロイスが大失敗するの、心配しないのですか？

アーズレイ夫人　あの子はしっかりしていて、自分本位です。愚かではない。自分の面倒は自分でみられます。

シドニー　その言い方は、冷たく聞こえた？　自分の娘じゃない人のことを話しているみたいだな。

アーズレイ夫人　あのねえ、わたしにはもうすべてのことがどうでもよくなったのよ。自分の人生はもう終わった感じね。できるだけ、人のために尽くすことはしてきたと思う。今後は、わたしより後から来る人には、わたしに頼らずに自分で考えて行動して欲しいわ。

シドニー　死ぬのって、怖くない？

アーズレイ夫人　少しも。なんだか妙に幸せなのよ。終わってほっとした。今の世の中とは相いれないわ。戦前派だもの。すべてが変わってしまった。人生ってパーティーみたい。開始した時は楽しかったけど、次第に騒々しくなって、もう帰ってもいいなあと思う。そんな感じよ。

（エセルが戻ってくる）

エセル　お父さんに言ったわ。すぐに来ます。

アーズレイ夫人　お茶が濃くなってしまったのじゃないかしら。

シドニー　お父さんは濃いのが大好きだよ。

（ロイス登場。帽子をかぶっている）

ロイス　（ぎょっとしたように）イーヴァ姉さんが階段を下りてくるわよ。
アーズレイ夫人　寝ていたのじゃないの？
シドニー　チャーリー叔父さんは、注射したと言っていた。
（ドアが開いてイーヴァ登場。鎮静剤のせいで、目が異様に輝き、奇妙な微笑が顔に張り付いているようだ。一張羅の服を着ている）
アーズレイ夫人　イーヴァ、休んでいると思っていたわ。気分が優れないんですって？
イーヴァ　お茶の席に出なくてはと思ったの。コリーが来るから。
ロイス　（ぎょっとして）え、コリーが！
イーヴァ　わたしがいなかったら、彼、がっかりするわ。
アーズレイ夫人　一張羅を着たのね。
イーヴァ　やはりこういう場ではね。婚約の発表ですもの。
エセル　姉さん、どういう意味？
イーヴァ　みんなにはあらかじめ話しておきましょうね。今日の午後、コリーがここにきて、お父さんにその件で話すの。コリーが来るまで、黙っていてね。（一瞬の気まずい沈黙。誰もどうしてよいか、何を言ったらよいか分からない）
アーズレイ夫人　イーヴァ、お茶を淹れてあげましょう。
イーヴァ　お茶は要らないわ。わたし、すごくわくわくしているからね。（ロイスがテーブルの上に置いた真珠のネックレスが目にとまる）このネックレス、どうしてここにあるのかしら？

ロイス　イーヴァ姉さん、よかったらどうぞあげるわよ。

アーズレイ夫人　ロイスったら！

ロイス　あたしのですもの。

イーヴァ　本当にいいの？　婚約祝いに丁度いいわね。ロイス、あなたって優しい人ね。（ロイスに近づき、キスする。鏡の前でネックレスをつける）コリーがわたしの首筋が綺麗だってよく言うのよ。

（アーズレイとハワード登場）

アーズレイ　さてお茶を頂くかな。

ハワード　イーヴァ姉さん、こんにちは。元気になりましたか？

イーヴァ　ええ、元気よ。わたしどこも悪くないもの。

アーズレイ　ロイス、出発かな？

ロイス　ええ。

アーズレイ　汽車の時間、余裕を持って出るのがいいよ。

ハワード　ロイス、伯母さんの所を訪ねるからね。（エセルに）仕事のことで人に会いにカンタベリまで行く。夕食までには帰れないだろう。

エセル　ああ、そう。

ハワード　ロイス、行く時は車で行くから、一緒に映画でも見に行こうじゃないか。

ロイス　（からかって）そうできたら素敵だわね。

アーズレイ　自分の家で暖炉の傍らで家族に囲まれてお茶を飲む、なんて幸せなんだ。考えてみりゃあ、家族の誰もいわゆる心配事など持っていないだろう？　もちろん、余るほどの金を持つ者は一人もおらんけどな。でも皆健康だし、それなりに幸福だ。不平を言う根拠はあまりない。このところ景気がどうも感心できん状態が続いておったけれど、そろそろ危機を脱して、上向きになってきた。我らの古いイギリスはまだ大丈夫。わたし個人としてはイギリスとイギリスの価値観を信じているぞ。

（イーヴァが細いしゃがれ声で国歌を歌い出す）

イーヴァ　おお神よ我らが慈悲深き国王を守りたまえ
我らが気高き国王よとこしえにあれ
神よ国王を守りたまえ

（他の者は、驚き、恐怖に襲われて、イーヴァを見つめる。彼女が歌い終わると、ロイスが小さな叫び声をあげ、部屋から走って出て行く）

終

働き手

一幕の喜劇

登場人物

チャールズ・バットル
マージェリー・バットル、その妻
ジュディー、その娘
パトリック、その息子
アルフレッド・グレンジャー
ドロシー・グレンジャー、その妻
ダイアナ、その娘
ティモシー、その息子

劇の出来事は全三場とも切れ目なく継続する。舞台はロンドン郊外の高級住宅地ゴールダーズグリーンにあるバットル邸の応接間。観客の休憩のため、途中で二回幕が下りる。

第一場

調度品が立派な応接間。装飾は現代風だが行き過ぎてはいない。風通しがよく、日当たりのよい部屋で、郊外らしい綺麗な庭園に面している。

幕が上がると、舞台上にジュディーとパトリックがいる。パトリックはフランネルのズボンをはいた十八歳の美青年。ソファに気持よさそうに横になり絵入り新聞を読んでいる。他の新聞は周囲の床に散らばっている。ジュディーは十七歳。ブロンドで可愛く落ち着いた感じ。兄と同じくテニスの服装。蓄音機の側に立ち、新しいレコードをかけたところ。この兄妹は乱暴な言葉遣いで、ずけずけと自説を主張するのだが、それでも人を不快にせず、好感を与える。二人の友人のダイアナとティモシーについても同じことが言える。この姉弟は両親を名前で呼び、友人扱いするように育てられている。

パトリック　(新聞から目を上げずに) この曲まだ飽きないのか?

ジュディー　何、言ってんのよ。真《ま》っ新《さら》の新曲だわ。作曲は先週で、レコード発売は昨日の朝ですからね。

パトリック　でたらめだ。僕はこの曲を聞いて乳離れしたんだよ。僕がおとなしく哺乳瓶をくわえるように、母さんがこの曲をかけたの、はっきりと覚えている。

ジュディー　嘘ばっかり! 踊りやすい曲よ。さあ、踊ろう。

パトリック　(じっとしたままで) 面倒臭いな。

ジュディー　怠け者ねえ。

パトリック　ティムとダイナー、早くこないかなあ。

ジュディー　今何時? ランチの後、すぐ来るって言っていたのよ。

パトリック　電話して急がせてよ。

ジュディー　(気軽に) 兄さんがかければいいわ。

パトリック　怠け者!

ジュディー　結局、ティムは来学期は高校に戻るんだってさ。ティムは兄さんと一緒にケンブリッジ進学をと思っていたんだけど、アルフレッドが高校にもう一年留まれって言うんだって。

パトリック　ティムはまだ十七歳だもの。

ジュディー　十二月には十八歳になるわ。

パトリック　今十八歳であるのと、十二月に十八歳になるのとは、まったく違う。そんなことぐらい、どんな愚か者でも分かると思っていたがね。

ジュディー　あら、来たみたいよ。（戸口まで行きドアを開ける）いらっしゃい！

ダイアナ　（部屋の外で）こんちは！

ジュディー　ここにいるわ。ラケットを持って入ってきて。

ダイアナ　はーい。（部屋に入る。十八歳とちょっとの黒髪の可愛い娘で、目は青く綺麗な肌。手にはラケット。その後から一歳違いの弟ティモシーが来る。先ほど言われたように、十二月が来て十八歳になる。すらりとした黒髪の青年で、派手なブレザーにマフラーを巻き、ラケットを二本持っている。パトリックが立ち上がる）

パトリック　ダイナー、こんにちは。

ダイアナ　こんちは。

パトリック　忘れたんだけど、僕たちキスする仲だったっけ？

ダイアナ　酔ってダンスする時だけね。

パトリック　ティム、こんちは。元気か？

ティモシー　うん、元気だ。君も元気？
パトリック　（ティモシーがラケットを二本持っているのを見て）どういうつもりなんだ？
ティモシー　最近腕が上がってね。二本必要なのだよ。
パトリック　ウィンブルドンにでも出る気かい？
ダイアナ　ティムは最近すごくうまくなって来たのよ。
ティモシー　来学期は高校に戻るって聞いたけど。
パトリック　けしからん話でね。アルフレッドが学校のことになるとうるさいんだよ。
ティモシー　そう言えば、ご尊父はどうしている？
パトリック　すごく面白いことばかり言っているよ。
ダイアナ　面白いことばかり言う人が家族の中にいると、他の家族がどんなに迷惑するか、きっとみんなには分からないでしょうね。
パトリック　我が家の場合は、そういう心配はないな。何しろ、うちの父さんと来たら、こっちが冗談を言っているのも全然気がつかない堅物だもの。
ジュディー　そうなのよ、パパにユーモアの感覚があるって言う人なんかどこにもいないわ。
ティモシー　お酒を飲ませても堅物のままなの？
パトリック　効果なしさ。生まれつきなんだ。

ダイアナ　パット、あなたは学校からいつ帰ったの？

パトリック　昼飯のちょっと前だよ。

ティモシー　僕は、一昨日で学期が終わった。

ダイアナ　パット、高校卒業して嬉しい？

パトリック　もちろんだよ。高校生活だって悪くなかった。でも早くケンブリッジに行きたいんだ。きっと愉しいだろうな。

ジュディー　ねえダイナー、イースターの時に比べ何だかパットは少し太ったと思わない？

パトリック　そうらしいんだ。ディナージャケットを着るときの感じで分かる。明日、燕尾服を注文するつもりなんだけど。

ティモシー　どこの店で？

パトリック　それがね、決まってないんだ。父さんは、自分の店に行けというだろうけどね。あの店は爺さん向けには結構だけど、正直な話、古臭いだろ。若者向きじゃあないから嫌だって、言ってやるつもりだ。

ダイアナ　帽子脱ぐわ。（そうして、断髪の頭を左右に振る）ティム、櫛《くし》貸して。

ティモシー　（ポケットを探して）ちぇ、家に忘れてきた。

ジュディー　パットが貸してくれるわよ。

パトリック　（ポケットから櫛を出して）はい、どうぞ。（ダイアナに渡す。ダイアナはバ

ッグから小さな鏡を出して髪をとかす。それからジュディーがダイアナから櫛を受け取り髪を軽くとかす）

ティモシー パットは法廷弁護士になるつもりなのかい？

パトリック ああ、そうだよ。そのつもりだ。将来性があるのは、その道しかないだろうからな。弁護士になる修業でロンドンで暮らすのも愉しいだろうからね。

ティモシー 僕にも一寸櫛貸して。（完全に整った髪をなでつける。パトリックに返す。パトリックも無意識に自分の髪をとかし、ポケットにしまう）

パトリック もちろん、いずれ政界に出るつもりでいる。

ダイアナ どっちから？

パトリック うん、まだどっちにするか、決めてない。父さんは自由党だったけど、今じゃあ、自由党には見込みがなさそうだから、労働党のほうがいいんじゃないかな。そう思うよ。

ダイアナ あたしは労働党。前からそうだった。

パトリック うん、労働党では僕みたいな、パブリック・スクールから一流大出の人材を欲しがっているね。

ティモシー パットが羨ましいよ。自分の好きな道を選べるんだもの。僕なんかアルフレッドのつまらない仕事を引き継ぐことになるんだ。

ダイアナ　アルフレッドの立場からすれば、昔からあるしっかりした会社だし、一人息子に継がせようというのも当然よ。
ティモシー　立派な事務弁護士としての僕の姿を想像できるかい？
パトリック　できるとも。僕が法廷弁護士になったとき、部厚い書類を手渡してくれる君の姿もね。
ティモシー　将来のことではっきり言えるのは、もうこの土地には住まないということだな。
パトリック　そりゃあ当然、僕も同じだ。休暇でどこにも行くところがないときなら、短期間ぐらいここに帰ってきてもいいけどね。ロンドンで落ち着いたら、マンションが必要だって父さんに言うつもりでいるんだ。
ティモシー　マンションをシェアしてもいいね。
パトリック　うん、いい考えかもしれない。僕個人としてはアルベマール街が好きなんだ。
ティモシー　それで異存はない。ロンドンの中心地であれば、場所はどこでもいいよ。
パトリック　高級住宅地だ。そういう地域に住まなくちゃね。
ティモシー　うん、その通りだ。
ダイアナ　あたしも郊外にすっかりうんざりしているのよ。
パトリック　僕もうんざりだ。

ジュディー　親たちがどうしてこんな荒野で暮らしたがるのか想像もつかないわ。
パトリック　母さんなんか、ここがすごく素晴らしいって思っているんだよ。
ジュディー　あたしたちが子供だった頃の話なら分かるわ。新鮮な空気とかそういうつまらないものが必要だったから。でもみんな大きくなった今は、意味ないわよ。
ダイアナ　信じられない話だけど、ドロシーはここは中心地だって言うのよ。あたしが辺《へん》鄙《び》だって言ったら、「ピカデリー・サーカスから地下鉄でたった十二分よ。何言ってるのよ」ですってさ。
パトリック　親ってのは、本当におかしな人種だなあ！　家の親は僕らが大人になったことにまったく気づいていないんだよ。
ジュディー　ママはいまだに自分であたしの服を選ぼうとするのよ！　あたしが自分で買うから洋服代を頂戴って、説得するのに苦労したわ。
ティモシー　アルフレッドはその点だけは立派だ。僕らが十五の時からたっぷり小遣をくれたからな。
パトリック　ケンブリッジに入ってからの小遣では、父さんと相当やり合うことになりそうなんだ。僕は五百ポンドを要求するつもり。
ティモシー　そんなにくれると思う？
パトリック　いや、ダメさ。でも四百ポンドはくれると思う。仮に僕が四百ポンドと言えば、三百五十ポンドで済まそうとするだろう。
ティモシー　四百ポンドなら断るべきじゃないな。
パトリック　本当は、金額がいくらでも拒否できないはずだよ。僕は頼んでこの世に出てきたわけじゃあないんだもの。親は自分自身の楽しみのために僕を産んだ。僕を育てて、たっぷり楽しんだ。自分の楽しみにたいして金を支払うのが筋だろう？
ティモシー　そりゃ妥当な理屈だな。
パトリック　僕がロンドンで生活を始めたら、少なくとも年に五百ポンドくれるべきだ。弁護士が自分で食えるようになるのは三十歳からだって、誰だって知っている。
ティモシー　もしアルフレッドが僕にも同額をくれれば、共同で贅沢なマンション暮らしができるだろうな。
ダイアナ　あんたたちがロンドンでマンション暮らしをするなんて聞くとむかつくわ。あたしだって自分だけで住む所が欲しいわよ。ジュディー、あなたはどう？
ジュディー　まったく同感。
ダイアナ　家で暮らすのにもう飽き飽きした。
パトリック　結婚すればいいじゃないか？
ダイアナ　まだ数年はいやよ。二十四歳になったらしてもいいけど。結婚前にもっと楽しみたいの。

ジュディー 二十四歳じゃ遅すぎない？　あたしは二十一歳で結婚するわ。
パトリック アルフレッドにマンションが欲しいって、はっきり言ったら？
ダイアナ あたしがそう言ったときのアルフレッドの顔が想像できるでしょ？（口調を真似て）「大事な子供たちのために最高に楽しい家庭を作っているんだ。ここだけの話、家の子供どもはわが家に勝る所なしって思っているらしいんだよ」
パトリック （にやにやして）分かっちゃいないね。
ダイアナ 悪気はないんだから、まあ、許してあげるかな。
ティモシー ただ、アルフレッドは、何でも大袈裟すぎるんだ。
ダイアナ あたしたちが親のことを本気で友だちだと見なしていると思ってる。哀れね。
ティモシー 父親のくせに、子供の仲間だみたいな態度を取られるとこっちが恥ずかしくなる。
ダイアナ でも便利なこともあるじゃない。何か頼みたい時、友だちみたいに言えば、何でもきいて貰えるわ。
パトリック 子供がいつも親に調子を合わせなくてはならないなんて悔しいよね。
ダイアナ しょうがないわよ。親は子供ってこういうものだって、決め込んでいるんだから。それに合わせるしかないのよ。親が頭に思い描いているのは実際とは全然違うのに、それが分からない人たちなのよ。

ティモシー　小学校を出る頃、「性の事実」を僕に話すようにって、ドロシーに言われて、アルフレッドが話したときのこと、よく覚えているよ。

パトリック　へえー！　何だ、それは。

ティモシー　あんなにそわそわしたアルフレッドを見たのは初めてだった。照れくさいのを隠して陽気に喋ってたけど、七面鳥の雄みたいに真っ赤になっていたよ。そして顔中から汗が噴き出ていた。

パトリック　で、君はどう対応したんだい？

ティモシー　どうって、どうしようもないじゃあないか。まさか、「あのねえ、そんなこと三年前から全部知ってるから、やめときな！」とも言えないじゃないか！

ダイアナ　可愛い無邪気なティモシー坊や！

ティモシー　顔を恥ずかしそうに真っ赤にしておとなしく全部聞いたのさ。話し終わったら、一ポンドよこして、「姉さんと一緒に芝居にでも行ってらっしゃい」だってさ。

パトリック　ジュディー、我が家の父さんはどうしてる？

ジュディー　別に、いつもと同じよ。

ダイアナ　帰ってからまだ会ってないわけね。

パトリック　そうだ。もうそろそろ会社から戻るだろう。どうしてるって尋ねたのは、車を買ってくれって頼もうと思っているからなんだ。

ティモシー　え、それはすごいな。
パトリック　高校を出たんだから、もう自分の車が欲しい。家族用のでかい車を使うのは馬鹿げているもの。（ジュディーに）母さんに聞いてくれた？
ジュディー　ママは、株式市場の景気しだいだって。
パトリック　市場は景気が良いと思う。世の中、騙されやすい人が多くいる限り、株屋は儲かるはずだよ。
ダイアナ　パット、あたしはあんたのパパのこと好きよ。
ジュディー　でもすごく退屈よ。
ダイアナ　面白い父さんより退屈な父さんのほうがいいんじゃない？
パトリック　有難いことに、父さんとは夕飯のときにしか会わない。でも、家の夕食って退屈だねえ、ジュディー？
ジュディー　退屈どころか。
パトリック　テーブルの一方の端に父さんが座り、黙りこくっている。もう一方の端に母さんが座って微笑を浮かべ、子供の情操教育のために絵画と文学の話をする。そんなもんだよ。
ダイアナ　でも、それが家庭生活っていうものじゃない。
パトリック　とにかく、僕はもう嫌なんだ。ねえ、僕らが親の年齢になったら、やはりあんなに退屈な人間になるのかなあ？

ジュディー　いいえ、そんなことありえないわよ。

ティモシー　パット、君の父さんはいくつ？

パトリック　たしか四十二歳だったね、ジュディー？

ジュディー　そうよ。ママと結婚したとき、割と若かったのよ。二十三歳かな。

ダイアナ　家と同じで、戦中結婚じゃあないの？

ジュディー　ううん、戦前に結婚したのよ。パットは十八歳だもの。

ダイアナ　ああそう。戦争が始まったのはいつだったかしら。

ティモシー　ねえ、戦争の話は止めようじゃないか！　聞き飽きたもの。

ジュディー　戦争経験者って、ものすごく退屈ね！

パトリック　死ぬほど退屈だ。

ジュディー　あの人たちが集まって、戦時経験なんかを喋りだすと、あたし、いらいらして、止めてって叫びそうになるの。

ダイアナ　分かるわ。こっちが感心して聞くとでも思っているんでしょ。

ティモシー　あの戦争世代は、もともとつまらぬ連中だったんだよ。

ダイアナ　戦争は嫌いだけど、考えてみると、もし戦争がなかったら、ああいう人たちがもっと大勢生きているわけね。

ティモシー　でもあの連中は、有難いことに、もう何の発言権もなくなっている。
ダイアナ　困ったことに、本人たちはそれに気づいていないのよ。
ジュディー　これからは、機会がある度に、思い知らせてやらなくちゃ。
パトリック　結局、人間っていうのは、四十歳を過ぎたら、何の役にもたたないってことになるんだな。それを認めるべきだ。若い世代の邪魔になるだけだし、彼ら自身だって人生が楽しくなくなったと気づいているはずだ。
ダイアナ　楽しくないでしょうね。あの人たちをどうやって処分すればいいの？　子犬みたいに溺死させるわけにもいかないでしょ？
ティモシー　明らかに寿命が延びすぎたんだ。
パトリック　自然界がちゃんとできていれば、生物としての人間は四十歳になった時点で、皆静かに消えて行くはずだよ。
ダイアナ　それに抵抗しないかしら？
パトリック　いやがるはずないよ。だって、もうたっぷり人生を楽しんできたんだから。できることは全部やってきたんだ。詩人や画家なんかの場合を、考えてごらんよ。四十歳以後に価値ある仕事をやった人がいるだろうか？　いつまでも生きてたって、無意味なのさ。自分にも自分の家族にも負担になるだけだもの。五月のハエは、一寸の期間生を楽しんだ後死んでゆくだろ、あれと同じように、人間も静かにいなくなったほうが、ずっといい。

ジュディー　あたし自身は四十歳まで生きる気はないわ。三十六歳になるなんて想像もできない。二十九歳で死ぬつもりなの。

ダイアナ　遺書は書いた？

ジュディー　まだだけど、書くつもりよ。

ティモシー　君のヒスイのブローチ、僕に残してくれる？　いいカフスボタンになるから。

ジュディー　宝石は埋葬のとき一緒に埋めてもらうわ。何年も前からそう決めてある。

パトリック　つまらぬ話はやめたまえ。僕は真面目な話をしているんだ。理想的な国家では、一定の年齢に達したら、誰もが苦痛なしに消されるべきだ。

ダイアナ　例外なし？

パトリック　もちろんさ。

ダイアナ　肉親だと悲しいでしょうね。

パトリック　もちろん、悲しいさ。でも個人的な感情は公共の福祉のために犠牲にすべきだ。たとえば家の場合、ジュディーも僕も両親がまあ好きだ。ジュディー、そうだよね？

ジュディー　うん。他の家の子供程度にはね。

パトリック　でも親の欠点が見えないわけではない。母はひどく芸術好みで高踏的だし、父はユーモアの感覚がゼロだ。

ジュディー　その通り。

パトリック　僕らにはずっと良くしてくれた。いい学校に入れてくれたし、休日にはたっぷり遊ばせてくれた。僕らのほうも、それに報いるだけのことはしてきた。面倒かけたことなどない。誇るに足る子供になってやったと思う。

ダイアナ　大体その通りね。

パトリック　でも今はもう親の役目が終わったのは明白だ。今後はぼくらの邪魔になるだけだ。僕らは大人になったんだから、自由が必要だ。

ティモシー　パット、まったくその通りだな。

パトリック　いいかい、僕はいい加減な思いつきで喋っているのではないんだ。じっくり考えてきたし、もう独立すべき年齢に達したのだ。僕らの前方には広い世界が開けている。僕らが親によって、えーと……うまい言葉が浮かばないな。

ダイアナ　愚かしい説教をされる余地はない。

ジュディー　束縛される余地はない。

パトリック　そうだ、束縛される余地などない。親子の絆によって束縛される理由はない。

ティモシー　束縛されるなんてまったく不公平だよ。

パトリック　不公平なんてもんじゃない。不正だ。親は楽しんできたくせに、子供が楽しもうとすると邪魔をする。何と言っても金が必要だ。それも若い今のうちに。中年になったら金なんて要らないはずだ。

ダイアナ　そうよ、大人はすごく愚かなやり方でお金を浪費しているものね。その点は誰も否定できないわ。

パトリック　父さんは長いこと株式市場で働いてきて財産を築いたから、ジュディーと僕はいずれそれを貰えるだろうさ。でも、それも僕らが年を取ってからでは無意味だ。

ダイアナ　パットの言う通りだわ。でも四十歳になったら殺すというのも極端すぎない？

ジュディー　実際にそんなことする勇気はないでしょ、パット？

パトリック　いよいよとなると、躊躇《ちゅうちょ》するだろうな。感情ってものがあるからな。助かる見込みのない犬を殺すんだって忍びないもの。

ジュディー　思い出させないで。ボンゾーを獣医のところで安楽死させた時、あたしはどんなに泣いたことかしら！

パトリック　僕だって悲しかったさ。本当言えば。

ジュディー　ボンゾーみたいに愛した犬はいないわ。

パトリック　残酷は望まない。理想的な国家では、用済みになった時点、たとえば四十歳で、安楽死させるべきだと言っただけだ。でも実際には、理想的な国家など存在しないし、今後も生まれないだろう。

ティモシー　それはどうかな？　僕らの世代になればできるかもしれないよ。
パトリック　僕個人としては妥協してもいいと思う。
ダイアナ　どういう意味？
パトリック　四十歳になったら引退し財産すべてを子供に譲る。財産がない場合は国家が年金を与え、もしあれば、もちろん子供が小遣を与える。
ティモシー　うん、いい考えだ。
パトリック　ジュディーと僕は両親に毎年二百五十ポンドを与えよう。それで充分なはずだ。田舎の小さい家に住めばいい。母さんは鶏を飼えばいいし、父さんは菜園の世話などすればいい。結構幸福な生活だと思うよ。
ジュディー　ママはそういう生活が理想だなんて言っていたもの。
ダイアナ　二百五十ポンドで足りるかしら？
パトリック　ああ、充分さ。野菜は自前だし、卵もあるからね。
ジュディー　そうなったらあたしたち、すごく楽しいだろうなあ。
ダイアナ　まず何をする？
パトリック　僕は家を売って、ロンドンのマンションに住むよ。ジュディーが結婚するまで一緒に暮らしてもいい。
ジュディー　あたしがまずすることは決まっているの。ロンドン中のナイトクラブに入会する。

パトリック　僕は狩猟をする。自分の選挙区のどこかに狩猟小屋を持ってもいいな。そうすれば一石二鳥になる。

ティモシー　僕は一番速いスポーツカーを特注し、自家用飛行機も持つ。

ダイアナ　あたしはどうしようかな。もちろん、服は全部パリで仕立てるけど。

ジュディー　すべてを今より楽しくできそうね。

パトリック　そうだよ。社会全体を現在よりずっと良いものにする自信があるんだ。年長者が若者より世の中のあるべき姿を心得ていると主張する根拠なんてない。連中は過去に属している。僕たちは未来で、未来は僕らのものだ。僕らが自分の財産を好きなように使って悪い理由などないのだ。

ダイアナ　パット、この前の休暇のときからあなた大分偉くなったわね。

パトリック　三ヵ月って結構長いからな。世の中の色んなことについて考えて来たんだ。

ティモシー　君の弁舌の才が羨ましいよ。

パトリック　君は事務弁護士だから弁舌の才などなくても構わない。僕は法廷弁護士として、どうしても必要だけど。

ジュディー　あ、ママがくるわ。

パトリック　それじゃあ、皆あっちへ行って、テニスをしよう。

ティモシー　さあ、行こう。

ジュディー　組み合わせはどうする？

（ティモシーが二本ラケットを持ち、皆椅子から立ち上がる。ドアが開きマージェリーとドロシー登場。マージェリーは美人で少し褪《あ》せた金髪。ドロシーは娘のダイアナと同じく黒髪で、色っぽい。情熱を秘めているという風情。二人とも四十歳以下で、綺麗な服を着て、化粧は濃い目。子供たちの会話から想像するような、もうくたびれた老婦人などではまったくない。二人とも自分たちの盛りが過ぎたなどとは、夢にも思っていない）

マージェリー　皆怠け者ね。どうしてテニスしないの？

ジュディー　これからするのよ。

パトリック　ドロシー伯母様、こんにちは。

ドロシー　パット、大きくなったわね。

マージェリー　すっかり大きくなってしまったわ。

ドロシー　（ふざけて）アルフレッドがこんなに大人になった青年にキスするのを許すかしら？

（ドロシーがパトリックの頰にキスする）

パトリック　でも、伯母さんじゃありませんか。

ドロシー　厳密には違うわ。あなたのお母様とわたしは従姉妹ですからね。

ダイアナ　ドロシーが言う意味は、アルフレッドがいなければパットと結婚できるってことよ。
ドロシー　ダイナー、つまらないことを言って！
ティモシー　悪い考えじゃあないな。アルフレッドが車に轢《ひ》かれたら、パット、ドロシーと結婚するといい。君は僕のよい父親になるよ、きっと。
パトリック　そうなったら名前で呼ばせたりしないよ。お父様と呼ばせるからな。
マージェリー　さあさあ、馬鹿な話はやめて、さっさとコートに行きなさい。ドロシーとお話があるんだから。
ティモシー　さあ、皆行こう。
パトリック　（行きつつ）疲れたる者に休息なしか。
（四人の若者が退場。マージェリーとドロシーは、バッグから口紅と鏡を取り出して唇を塗りだし、噂話を始める）
ドロシー　パットは何てハンサムな青年になったのでしょう！　注意しなくてはね。女ってどういうものかあなたよく知ってるわね。
マージェリー　あら、わたしは心配していないわ。あの子はうぶだし、わたしに何でも話してくれるもの。
ドロシー　そうよね。若者についていろいろばかばかしいことを言う人が多いけど、わたしたちがあの子たちの年齢の頃に知っていた半分も知らない、というのが実際のところよ。

マージェリー　子供はあまり早く成長しないで欲しいわね。パットが昼前に帰って来たときはショックだったわ。

ドロシー　わたしは平気よ。だって戦前と違うもの。昔と違って老けなくなっているもの。ダイナーと一緒に外出するとよく姉妹と間違われるわ。

マージェリー　たしかにあなたはダイナーより一歳だって年上には見えないわ。でもそれはあなたが黒髪だからで、その点は得ね。わたしのように金髪だと、老けが目立つのよ。

ドロシー　あなたは違うわよ。きのうも晩餐会《ばんさんかい》であなたの髪が何て綺麗なんだろうって感心したところだわ。

マージェリー　若いころよりずっと濃くなっているの。美容師に手入れさせたらばれるかしら?

ドロシー　染めると顔がきつくみえるんじゃないかしら。

マージェリー　あら、染めるんじゃないわ。金粉をちょっとだけ振り掛けたらどうかと思っているの。アーネストは、自然に見えて誰にも分からないようにできますって。

ドロシー　今のままのあなたが一番だと言っている人、知っているわよ。

マージェリー　ドロシーったら!　何の話かわたしには分からないわ。

ドロシー　マージ、誤魔化しても無駄よ。わたしに目がないとでも思っているの？　本当に、昨夜は見え見えだったわ。
マージェリー　そんなに？
ドロシー　そうね、わたしにはそうだったわ。あの人があなたに何と言ったのか聞きたくてうずうずしているのよ。
マージェリー　子供たちは皆テニスしているわね？
ドロシー　ええ、そうよ、大丈夫。マージ、早く教えて！
マージェリー　わたしに夢中だって言うのよ。何でも、ずっと以前から告白したかったのだけど、チャーリーが株式市場での知り合いなので、遠慮してきた。でも、もう抑えられなくなったと言うのよ。
ドロシー　晩餐会の席で？　それともその後で？
マージェリー　食事中に言い出したのだけど、初めは軽い口調でね。真面目に告白したのは、食後にダンスした時。
ドロシー　彼、ダンス上手？
マージェリー　すごく上手よ。
ドロシー　最初はあなたの反応を探っていたのね。男の人って用心深いから。すげなくあしらわれるのが怖いんでしょう。で、あなた、どう答えたの？

マージェリー どうって、最初はもちろん軽く笑ったの。そして「わたしには、もう成人にちかい子供がありますのよ。ご存じでした?」って。彼、信じられない、ですって。わたしが二十五歳以上でないことにモンキーを賭けるですって。モンキーっていくらなの?

ドロシー 五百ポンド。ポニーは二十五ポンドよ。男の人って、どうしてそんな隠語を使うのか分かんないわね。

マージェリー ばかみたいね。

ドロシー いいから話つづけてよ。

マージェリー それからね、「十七歳の娘がおりますのよ」って言ったわ。パットのことは言わなかった。あの人がパットはもっと年下だと思うのならそれでいいと思ったから。

ドロシー それで結構よ。

マージェリー 彼は「僕に言えるのは、あなたが結婚なさったのはまだ赤ちゃんのときでしょうということです」ですって。そこでわたしは彼をじっと見つめて、「たしかに結婚は早いほうでした」とだけ言ったの。

ドロシー そう答えたときのあなたの様子、目に浮かぶわ。床をまつ毛で掃くように、とでも言ったらいいかしらね。あなたがそういう仕草で男の心をとらえたのを何遍も見てきたわ。

マージェリー 自分では意識してないのよ。色目など使った気はないの。それから彼、

「大人の女性のほうが小娘などよりずっと魅力的であるのを、ご自分では気づいていらっしゃいますか」ですって。

ドロシー　男っていつもそう言うわね。でも真実よ。男の人は若い娘と恋におちることはないわ。面白くないものね。

マージェリー　そうよ、それ一理あるわ。

ドロシー　それから？

マージェリー　チャーリーが日曜日はどうしているかって。「いつものゴルフですわ」って答えたら、彼は「相変わらずですなあ」と言って、その日に田舎にドライブしませんかって。

ドロシー　行くの？

マージェリー　行くものですか。あの人のことほとんど何も知らないのですもの。

ドロシー　付き合ってみなければ、いつまでたっても知らないいままだわ。

マージェリー　付き合ったりしたら子供の手前まずいのじゃないかと思ってね。

ドロシー　チャーリーは勝手に好きなゴルフに行くんだから、あなたが男性とドライブに出かけたって、何も悪くないと思うけど。

マージェリー　ドロシー、わたしがどういう人間か知ってるでしょ。

ドロシー　純情なふりしているけど、実際はそうでもないのもわたしは知っていますからね。

マージェリー　そうかもしれないわ。でもチャーリーは結婚以来他の女に目もくれたことがないでしょ？　彼の感情を傷つけるようなことはしたくないのよ。

ドロシー　知らなければ、感情を傷つけることにならないわよ。行き過ぎはまずいけど、軽い浮気なら誰も傷つけないわ。男にちやほやされるくらい、女を若々しくするものはないってよく言うでしょう。

マージェリー　もちろん、その見解には一理あるわね。

ドロシー　アルフレッドと結婚して以来、わたしがただの一度も不倫などしたことがないのはあなたもよく知っているわね。でも多くの男性と付き合ってきたわ。そのお蔭で、わたしはいまでも若いし、鋭敏だし、現代風でいられるのよ。

マージェリー　そうよね、結婚生活と引きかえに少しぐらい何かしてもいいとはわたしも思うのよ。

ドロシー　アルフレッドみたいなよい夫はいないと分かっているわ、それに彼、一度も浮気などしたことがないの。でもわたしが、他の男性と付き合うことがなかったら、夫のあのはしゃぎ振りに我慢できなかったと思うのよ。

マージェリー　男が毎日仕事に出てくれるので、本当に助かるわ。もし朝から晩まで家でうろうろしていたら、困ってしまうものね。

ドロシー　最近のチャーリーはいかが？

マージェリー　見たでしょう？　相変わらずよ。あの人、決して変わらないわ。

ドロシー　ずっと以前から彼、あなたを退屈させているでしょ？

マージェリー　十九年間もの結婚生活というのは長いわね。

ドロシー　長すぎるわ。

マージェリー　わたし、これといって不満はないのも事実ね。夫は、欲しいものは何でも買ってくれるし。

ドロシー　口げんかもしないんでしょう？

マージェリー　一度も。それにあの人、文句も言わない。だからって、短所がないわけじゃないわ。

ドロシー　男ってみなそう。いつだって、そう思ってきたわ。

マージェリー　チャーリーは絵画にも文学にも興味なし。インテリのお客さんをお迎えすると仲間外れになってしまうの。

ドロシー　それは、わたしも気づいていたわ。もちろん、立派なご主人だけど、頭が切れるっていうタイプではないわ。

マージェリー　そうよ、その通りよ。わたしもすべてに満足しているっていうわけにはいかないのね。でもチャーリーは結婚したときとおなじくらいに愛してくれているわ。けちつけたら悪いわね。

ドロシー　けちをつけてるわけじゃないわ。長年結婚していれば、夫の長所も短所もはっきり見えてしまうものよ。

マージェリー　わたしがもう何年も愛していないって知ったら、さすがの彼もショックを受けるんじゃないかしら？　本気で愛していないのにもし気づけばね。

ドロシー　その点、女のほうが利口ね。男には分からないのよ。

マージェリー　もちろん彼のこと、好きは好きよ。だから傷つけるようなことはしないの。でもわたしはインテリだから、彼に退屈しちゃうの。

ドロシー　こう言っちゃ悪いけど、正直に言えば、彼にはユーモア感覚ってものがないわ。

マージェリー　そう。悲劇よ、まったく。あのね、驚くかもしれないけど、わたしこんなこと考えているの。もし自分が未亡人になった場合のこと。

ドロシー　あら、女だったらみんな考えているわよ。

マージェリー　もちろん、あの人が亡くなったら、すごいショックよ。ひどく泣くでしょうね。最初は彼がいないのをとても悲しく思うでしょう。

ドロシー　当然そうなるわ。とりわけあなたは心の優しい人だもの。

マージェリー　でもね、一旦ショックから立ち直ったら、幸福になるだろうって思うの。

ドロシー　きっとそうよ。あなたは金髪だから喪服がすごく似合うし、男がほうっておかないわよ。

マージェリー　でも、再婚はしないわよ。女は皆結婚すべきだけど、一度すれば充分だわ。

ドロシー　わたしは違うな。男に家にいて欲しい。いなかったら、どうしていいか分からないな。

マージェリー　わたしは趣味が多いからね。誰にも邪魔されずに好きなことが何でもできるのは素敵だわ。友人との付き合いもいくらでもできる。「チャーリーは仕事で一緒に行けない。わたしがいないと寂しがるだろうな」などと考えないで、気ままにパリだのリビエラに行けるのは素晴らしいわ。結婚してると個性の発揮が難しいわ。

ドロシー　リビエラと言えば、この夏の休暇のことチャーリーに話した?

マージェリー　それが結構難しいの。チャーリーはいつものようにテムズ川沿いの場所に行く気なの、それならいつでも会社に行けるから。

ドロシー　アルフレッドとチャーリーが二人で行けばいいのにね。夫と妻が一緒に休暇をすごしたって気分転換にならないわ。

マージェリー　リビエラに行けば、子供たちは喜ぶでしょうね。

ドロシー　子供はわたしたちの邪魔にならないでしょう。水浴びをしたり、ボートに乗ったりできるし。バカラをやるにはまだ年齢が低いわね。わたしたち、ゆっくり楽しめそうなのよ。
マージェリー　いいわねえ！
ドロシー　先日、ボンド街で素敵なパジャマを見たのよ。リビエラでは夏は一日中誰もがパジャマを着て過ごすんですって。
マージェリー　でも、パジャマもいいものは結構高いんじゃない？
ドロシー　お金は使わなくちゃ価値なしだわ。リビエラ行きは子供の教育にも役立つのよ。チャーリーにそう言えばいいわ。
（パトリック登場。他の者もすぐ続く）
パトリック　母さん、テニスコートに線が引いてなかったよ。けしからん！
マージェリー　あらそう、いけなかったわね。
パトリック　庭師を叱っておいた。奥様から伺っておりませんでした、なんて生意気なこと言ってたよ。
マージェリー　庭師っておばかさんね。言いつけたつもりだったわ。
パトリック　僕がいなくなると途端に家の中が無秩序になるな。
マージェリー　それで、線引きを今やっているわけ？
パトリック　うん、十五分は待たされる。どうしてジュディーは気がつかなかったのかな？　何のためにジュディーがいるんだよ。

ジュディー　兄さんは、あたしが暇だと思っているのね。今朝はとても忙しかったから忘れたのよ。

パトリック　忘れるなんて！

マージェリー　帰宅した途端に文句ばかり言わないで。時間はたっぷりあるんだからいいじゃないの。

ダイアナ　レモネードを飲みに行かない？　ティムとあたしは、喉がひっつきそう。

マージェリー　食堂にありますよ。サイドボードに置いてあるわ。

パトリック　家のコート、ハードコートにできないのかな？　今の時代、グラスコートなんておかしいよ。

ティモシー　僕の家でもアルフレッドにぜひハードコートにしてくれって頼んでいるんだ。グラスコートじゃ上達しないもの。

パトリック　ねえ、母さん、父さんにそう言ってよ。父さんが子供を家に留まらせたいと思うなら、せめて普通の生活必需品くらい備えてくれるべきだ。

マージェリー　だってすごくお金がかかるでしょう？

ティモシー　四百ポンドくらいでもいいハードコートができるって聞いています。

パトリック　そんな額でいいのか。父さんはそれくらいなら文句言わないだろうよ。僕らのために使う以外にお金の使い道がないのだから。
マージェリー その通りよ。
ダイアナ レモネードはどうなったのかしら?
ジュディー こちらにどうぞ。（玄関の呼び鈴が鳴る）誰? ああ、お客さんでありませんように!
マージェリー 今日は誰がいらしても留守だと言うように、頼んであるわ。
パトリック 近所の人々が互いに訪問しあうなんて! ど田舎もいいところだな!
マージェリー パット、バカなこと言わないでね。この辺りには大変なインテリが住んでいらして、時々家に寄ってくださるのよ。お寄りになってお茶を飲みながら会話を楽しむのはぜいたくなことですよ。
（玄関の扉が開き、ミセス・バットルはいますか、という声が聞こえてくる）
ドロシー 何だ、アルフレッドじゃないの。
マージェリー ジュディー、ドアを開けなさい。（ジュディーが開けている間に大声で）いらっしゃい!
アルフレッド （室外で）こんちは、こんちは、こんちは!
マージェリー いらっしゃい、ドロシーはこちらですよ。
（アルフレッド登場。背の高い、がっちりした体格の中年男。赤ら顔で派手で、騒々し

い、陽気な態度。何か言っては笑う）

アルフレッド　（手を取ってマージェリーに向かい）やあ、マージお嬢ちゃん元気かな？

（パトリックに気づき）誰かと思ったら、君か。いつ戻った？

パトリック　（握手して）昼食前に戻りました。

アルフレッド　本当かね。で、それからがつがつとご馳走にくらいついたってわけかな？

パトリック　（よそよそしく）冷製のチキンを一口どうにか食べました。

アルフレッド　高校におさらばした気分はどうだい？

パトリック　まあまあですよ。

アルフレッド　一生で一番楽しい時期だよ。大いに楽しむがいい。その時期が去ったら、永久におさらばだ。時計を元に戻そうとしてもできっこない。それが世の習いさ。だがこの世でも、前の席に陣取って、誰にも押し出されないように気を配っていれば、居心地はそう悪いこともない。

ティモシー　アルフレッド、何てくだらない話をするんだい！

ドロシー　ティム、お父さんに向かって、そんな言い方してはいけませんよ。

アルフレッド　こいつには好きなように喋らせておこう。尊敬なんていらん！　ティムとおれは友だち同士だものな、違うか？

ティモシー　もちろんそうさ。で、ねえ君、ハードコートはどうなった？　考えておくって言ったじゃないか。

アルフレッド えらく金がかかるんだ。

ティモシー でも君、金が払えないって言うわけじゃないんだろう？　ねえ、君はいい奴だろう？

アルフレッド （にこにこして）そんな風に頼まれるとな。うん、前向きに考えることにしようじゃないか。

ティモシー 結構だ。

アルフレッド それから、ジュディー、今日はいつもよりおとなしいねえ。

ジュディー そんなことないわよ。

アルフレッド 恋におちたか？

ジュディー 違うわ。

アルフレッド いつ結婚する気かね？

ジュディー 結婚なんて考えてないわよ。

アルフレッド そりゃまたどうして？

ジュディー そうね、一つには誰からも求婚されてないもの。

アルフレッド 何だって？　家のおしゃまな子は週に三回求婚されているよ。ねえ、ダイナー、そうだね？

ダイアナ　ううん、そんなことないわ、アルフレッド。

アルフレッド　この子の言葉、信じちゃいかんよ。父さん、ちゃんと知っているんだから。隠したって駄目だ。一家の主だから、何でも知っている。だが、ジュディーちゃんが求婚されないというのはほうっておけないな。さあ、ティモシー、いい子だから、ジュディーに求婚しなさい。そうすりゃ、彼女は「ハンサム・ボーイをふった」って言いふらせるから。

ティモシー　そんな、あぶないことはご免だ。もし「うん、いいわよ」って言われたら取り返しがつかないもの。

ジュディー　おばかさん！

ドロシー　アルフレッド、どうしてこんなに早く会社から戻ったの？

アルフレッド　ドロシーちゃんの顔を急に拝みたくなったのさ。

ドロシー　冗談はやめて！

アルフレッド　やめられない。努力してもやめられない。生まれつきの性質だから。だが、冗談はさておき、実はチャーリーを探しているんだ。

マージェリー　いないわ。会社よ。

アルフレッド　いや、会社にも出ていないんだ。つかまらない。朝から来ていない。

マージェリー　奇妙ね。

アルフレッド　普通なら奇妙だが、奇妙というだけじゃ済まない事情が生じたのでね。本当のことを言うと、一寸心配している。
マージェリー　（驚いて）なぜ？
アルフレッド　何も聞いていない？
マージェリー　ええ、どういうこと？　何か起きたのですか？
アルフレッド　うまく切り抜ければ、話して心配させるのは無用だし、失敗すればいずれ分かる、そう思って彼は黙っていたのかな？
マージェリー　一体、何のことなの？
アルフレッド　黙っているべきだったか。
パトリック　父さんが破産したとか？　そういうことですか？
アルフレッド　子供たちはこの部屋から出て、庭にでも行きなさい。ドロシー、君は残って。
パトリック　何か問題が起きたのなら、僕らにも話してください。どっちみち、母さんは伯父さんがいなくなれば、僕たちに話しますから。
ダイアナ　ティム、さあ行きましょう。話が済んだら知らせてね。
（ダイアナとティモシーが庭に行く）
マージェリー　アルフレッド、これ、いつもの冗談ではないわね？

アルフレッド　冗談だといいんだが。深刻な話でね。トミー・エイボンという男が先週自殺したのを知っている？

マージェリー　ええ。ひどいことね。わたしたち、お付き合いがありました。アスコット競馬でご一緒したことがあるわ。

パトリック　トミー・エイボンって誰です？

アルフレッド　経済界ではよく知られている人物で、父さんのクライアントの一人だった。評判のいい人だ。でもその彼が父さんを苦境に追い込んだのだ。

マージェリー　夫はいつだって堅実な仕事しかしないと思っていましたけど。投機的なことには手を出さなかったでしょ？

アルフレッド　だからこそ、今度のことは大変運が悪かった。わたしは誰よりも慎重な人間だが、そのわたしでも、トミー・エイボンにならあれば百万ポンドでも貸したぐらいだ。

ジュディー　どういうこと？

アルフレッド　話しても分からないだろう。だが、要するに、今日は精算日で、君たちの父さんが、仲間たちの援助を仰がなければ株式取引所で取引停止を宣告されるということだ。

ジュディー　それってどういう意味？

パトリック　破産だよ。
マージェリー（落胆の叫び声をあげて）まあ、どうしたらいいの？
ドロシー　マージ、しっかりして。まだそうと決まったわけじゃないのだから。
アルフレッド　幸い、彼には非常によい支援者も少しはいる。もちろん私財は全部手放すことになる。だが、もし私財に加えてある程度の金額を集められれば、急場を凌ぐことは可能だ。
パトリック　この家を出て、車も手放すことになる？
アルフレッド　さあ、どうかな。もし今回切り抜けられれば、おそらく収入はそう変わらないかもしれない。彼はとても評判がいいし、健全な仕事をしているからね。
パトリック　それじゃ、そうがっかりすることもないですね。
アルフレッド　ただ、今までの貯金は全部消えるよ。
マージェリー　じゃあ、もしチャーリーが亡くなったら、家は一文無しっていうこと？
パトリック　父さんは頑強だから大丈夫さ。さっきもジュディーに話したんだけど、百歳まで生きるよ、きっと。だから、また一財産作れるさ。
マージェリー　でも、切り抜けられるかどうかはどうして決まるのかしら？
アルフレッド　手短に言えばね、サー・アーサー・レターがチャーリーをバックアップするかどうかにかかっている。

パトリック　サー・アーサー・レターって誰？
アルフレッド　チャーリーの取引銀行の頭取だ。昨夜最終判断をチャーリーに伝えることになっていたんだが。
マージェリー　それで、帰宅が遅れたのね！　晩餐会のために着替える時間ぎりぎりに帰ってきたわ。サヴォイで食事することになっていたの。
アルフレッド　様子はどうだった？
マージェリー　いつもと同じよ。
アルフレッド　いつもとまったく同じということはないと思う。その瞬間に、破産申告をするか、それとも、一から再出発可能か、それが決まったのだから。
マージェリー　わたしは何も気づかなかったわ。晩餐に間に合うかどうかが気懸りだったから。
アルフレッド　今朝の様子は？
マージェリー　わたしは部屋で朝食を取ったから分からない。ジュディーはパパと一緒に朝食を取ったでしょ？
アルフレッド　元気だった、それとも落ち込んでいた？
ジュディー　本当のこと言うと、見てないの。あたし、朝食中はいつも新聞を読んでいるから。

アルフレッド　じゃあ、やはり失敗だったのだ。わたしと十時に会う約束があったのに、守らなかった。とても重要なことだったのに。不可解だ。

ジュディー　九時半ごろ家を出たわ。

マージェリー　朝からずっと会社に顔を見せていない？

アルフレッド　その通り。

パトリック（息を飲んで）もしかして……。

（チャールズが自殺したかもしれぬという思いが皆の頭に同時に浮かぶ）

マージェリー（興奮して）とんでもないわ。あってはならないことだわ。そんなひどいことをするなんて！

ジュディー　もしかするとパパは今朝一寸変だったかもしれないわ。ねえ、アルフレッド伯父さん、あたしたちのいつもの朝食中に、まさか、パパが自殺を考えて……。

マージェリー　そんなことってないわ。そんな卑怯《ひきょう》なことできっこないわよ。

パトリック　伯父さん、ありえるでしょうか？　もし本当なら、僕たちどうすればいいんだ！

アルフレッド　実は、自殺の可能性を考えながら、ここへ来たのだ。だからいつものように陽気に振る舞おうとしたけど、白状すると、難しかった。ばれてたかもしれないが。チャーリーはとてもきちんとしているだろう？　約束を破るなんてこれまでは一度もなかったのに。

マージェリー　（少しヒステリックになって）いや、いや、いやよ。そんなのいや！　ああ怖い。

ドロシー　落ち着いて。まだそうと決まったわけじゃないわ。

マージェリー　でもどうしてそんな大事な日に会社にいないの？

アルフレッド　多少とも挽回する気があれば出たはずだ。

ドロシー　ひょっとすると、どこかでタクシーに轢《ひ》かれて病院で意識不明で横たわっているのかもしれないわ。

マージェリー　それじゃ救いにならないじゃない！

パトリック　打つ手はないの？

ジュディー　テムズ川をさらうのは？

パトリック　ばかだなあ。テムズ川はさらえないよ。

ジュディー　ヒースの沼ならさらえるわ。

マージェリー　やめて！　彼はプライドが高いし、感受性が豊かだから、家族に自分が破産したというくらいなら、もしかすると……。

ドロシー　マージ、言わないで。縁起でもない。

パトリック　警察に届けないの？

アルフレッド　まだ届けないほうがいい。もし急に帰ってきたら恥をかくからな。
ドロシー　あちこちの病院に電話で問い合わせてみたらどう？
マージェリー　とにかく何かしましょうよ。さもないと気が狂うわ。
アルフレッド　今夜中に現れなければ、もちろん、警察に届けよう。
パトリック　ラジオで捜索願いをしてもらえば？　行方不明者が出るとよくやってるやつ。
ジュディー　でもホワイトストンの沼の底に横たわっていたら無駄よ。
マージェリー　自殺だなんて、子供たちが汚名を着せられるわ！
ドロシー　ひどいことを考えすぎないでよ！　たとえそうであっても、アルフレッドが「一時的な錯乱」という判決を陪審員に出してもらうように細工できるから安心なさいよ。
パトリック　もちろん、一時的な記憶喪失で、数日後にはどこかに現れるかもしれないな。
ジュディー　ボーンマスね。大体、あそこで発見されるもの。
ドロシー　ねえ、アルフレッド、支援してくださる方に電話したらどうなの？　そうすれば、チャーリーが思い余って何かしたかどうか分かるのじゃない？
アルフレッド　サー・アーサー・レターに？　ロンドンの大銀行の頭取に電話するっていうのはね、そう簡単なことじゃないよ。たとえ、連絡がついたとしても、教えてくれるかどうか。

ドロシー　とにかく試してみたらどう？

マージェリー　お願いよ。わたし、とっても心配でたまらないわ。

アルフレッド　よし、じゃあやってみよう。頭取が電話に出てくれるかどうか分からないけど、別に取って食われることもあるまい。(退場)

マージェリー　不安がつのるわ。

パトリック　父さん、今朝家を出る時、シルクハットをかぶっていた？

マージェリー　パット、くだらない話はやめて。今はシルクハットの話をする時じゃないわよ。

パトリック　くだらない話じゃない。重要なことなんだ。

ジュディー　かぶっていたと思うわ。もしかぶっていなければ、気づいたと思うもの。

パトリック　それなら、家を出た時点では、自殺を考えていたはずはない。

マージェリー　どうして？

パトリック　だって、母さん、考えてもごらんよ。まともな人は、シルクハットをかぶったまま自殺なんてしないじゃないか！

ジュディー　でも一時的に錯乱していたとしたら、まともじゃなかったのよ。

パトリック　バカなことというなよ。男のことは君には分からないんだ。自殺しようとする男は、縁なし帽か、縁ありなら山高帽子をかぶるものだ。
マージェリー パット、違うわよ。お父様は服装にうるさかったわ。燕尾服に縁なし帽なんて、どんなことをする場合であれ、そんな組み合わせはしなかったでしょう。絶対に。
パトリック 僕もそう思う。だからこそシルクハットで家を出たのなら、自殺しなかっただろうって言うのさ。
ジュディー あたしはありうるって思うわ。川に飛び込む場合には、シルクハットを船引き用の道にでも置いてから飛び込めばいいのだもの。
パトリック そして、人がやってきて、「ありゃ、真新しいシルクハットだ。一体どうしたんだろう?」と言うのかい?
ドロシー アルフレッドはどうしたのかしら、遅いわね?
マージェリー 数分前までは皆幸福だったのに。夏にはリビエラに行こうと話していたのに。心配事は何一つなかったのに。それが今はこんなひどいことになってしまったわ!
ジュディー それが人生ってものよ。
パトリック ジュディー、君は気がふさぐことばかり言うなあ。皆が元気になるようなことが言えないのなら、口を閉ざしておけよ。
ジュディー 事実に直面すべきよ。あたしは勘が働くの。パパがホワイトストン池の底に横たわっているのが見えるわ。

（アルフレッド登場）

アルフレッド　よう、皆さん、大丈夫だ。吉報だ。

マージェリー　え、大丈夫なの？

アルフレッド　名前をだしたら、すぐにサー・アーサーにつないでくれた。もちろん、余計なことは隠しておいたさ。アルフレッド伯父さんはぬかりないだろう？　頭取のお話では、昨夜私宅でチャーリーに面会し、チャーリーの立派な人柄を考えて、負債に応じるだけの金額を貸したとおっしゃった。

マージェリー　まあ、ご親切なこと！

アルフレッド　昨夜、チャーリーが頭取のお邸《やしき》を辞した時、ポケットには高額の小切手が入っていたというわけだな。

マージェリー　ああ、ほっとした！

ドロシー　でもどうして今日会社に行かなかったのかしら？

アルフレッド　どうでもいいことだよ。あちこち駆けずりまわっていて時間がなかったのだろう。いずれ会ったとき、話すだろう。肝心なのは、難局を切り抜けたということだ。

パトリック　じゃあ、破産しないで済んだの？

アルフレッド　ああ、そうだよ。君たちの父さんは、落馬したけど、また乗馬できた。数年後に、今の地位に戻れない理由はないよ。むろん、それには馬車馬のように必死で働く必要があるがね。

ジュディー パパは仕事好きよ。助かるわ。

アルフレッド しゃにむに働かねばならないな。

パトリック それでいいんじゃないかな。だって、父さんの年齢では仕事以外にすることがないのだから。

マージェリー 夫に仕事以外の趣味がないのを残念に思ったものだったけど、このような事態になると、かえって幸いだったと思うわ。

アルフレッド 子供たちはぜいたくは止めなくちゃならんよ。しばらくの間、君らの父さんには金銭の余裕はまったくない状態が続くのだから。

パトリック それは考えましたよ。僕も協力するつもりです。車を買ってもらうのは諦めて、家族用の大きな車で、いましばらく我慢しようね、ジュディー？

ジュディー 不愉快だわね。でも仕方ない。ハードコートのことも、しばらくお預けね。

マージェリー 外にいる人たちを呼びなさい、ジュディー。もう席を外す理由はないもの。

ジュディー はい。（窓から）ダイナー、ティム！　入っていらっしゃい。

マージェリー テニス、するならしたっていいのよ。

ジュディー すっかり興奮していたから、ボールなんか打てないんじゃないかな。

アルフレッド テニスをするのかね？　じゃあ、庭の塀をさっと乗り越えて、家で着替えをしてこようかな。老犬にも若いものに負けぬ力があるのを見せてやろうじゃないか。

（ダイアナとティモシー登場）

ジュディー　あのね、すごくドキドキすることがあったのよ。パパが行方不明になって、自殺したと思ったの。破産して、持物はすべて売り払うのかと思っていたら、大丈夫で、パパは死んでいなかったと今分かったのよ！

ダイアナ　あんたが全部話すんだったら、あたしたちを追い出しても無意味だったわね。

ジュディー　あたしが追い出したのじゃない。面白かったのよ。ママはヒスを起こしたし、パットはぐっと耐えるし、あたしは勇敢な小娘役をやったのだから。

ダイアナ　で、それがすべて虚報だったというの？

ティモシー　アルフレッドの仕業だな。担がれて、仕返ししないのかい？　仕返ししないと、アルフレッドがいい気になってしまうよ。

アルフレッド　君たち、でっかい口を利いちゃいかんな。まだ暗い森からすっかり抜け出したわけではないのだから。

パトリック　やっぱり破産か。

ジュディー　でも、以前と違うのは、パパが財政を立て直すまで、パットが自分用の車が持てないのと、ハードコートがお預けということぐらいじゃないの。

ティモシー　それって、ちょっと複雑だな。

パトリック　ウィンブルドンでもグラスコートで我慢しているのだから、危機に臨めば、僕らもここで我慢できるさ。
アルフレッド　その意気、その意気！　しっかりと耐えて偉い。安心した。
ダイアナ　チャーリー叔父さんはどこなの？
パトリック　いまだに分からないんだ。
マージェリー　はやく見つかることを神に祈るわ。
ジュディー　あたしは、パパが記憶を失くして、ボーンマスのベンチにシルクハットをかぶって座っている姿を想像しているの。
パトリック　サウスエンドのほうが可能性高いよ。
マージェリー　違うわ。たとえ記憶喪失になっても、まさかサウスエンドへ行くなんて、あの人には思いつかないわ。
（ドアが開いて、チャールズ登場。四十代初め、物静か、堂々たる風格。黒の上着にグレイの縞模様のズボンといういでたち。シルクハットをかぶっている）
マージェリー　まあ、チャーリーったら！

幕が下りる

第二場

幕が上がる。チャールズ以外は全員がいる。

パトリック　ウィンブルドンでもグラスコートで我慢しているのだから、危機に臨めば、僕らもここで我慢できるさ。

アルフレッド　その意気、その意気！　しっかりと耐えて偉い。安心した。

ダイアナ　チャーリー叔父さんはどこなの？

パトリック　いまだに分からないんだ。

マージェリー　はやく見つかることを神に祈るわ。

ジュディー　あたしは、パパが記憶を失くして、ボーンマスのベンチにシルクハットをかぶって座っている姿を想像しているの。

パトリック　サウスエンドのほうが可能性高いよ。
マージェリー　違うわ。たとえ記憶喪失になっても、まさかサウスエンドへ行くなんて、あの人には思いつかないわ。
（ドアが開いて、チャールズ登場。四十代初め、物静か、堂々たる風格。黒の上着にグレイの縞模様のズボンといういでたち。シルクハットをかぶっている）
マージェリー　まあ、チャーリーったら！
チャールズ　（帽子をとりつつ）こんにちは。
マージェリー　（ひどく興奮して）どこへ行っていらしたの？　皆でとても心配していたのよ。悪い人ねえ！
チャールズ　何か悪いことしたかね？
マージェリー　あなたがどうしたのか、気懸りで堪らなかったわ。
チャールズ　（冷静に）え、一体どうしたというのかな？　やあ、パット。戻ったんだね？
パトリック　ただいま。
チャールズ　元気そうだな。最後の学期は楽しかったかね？
パトリック　ええ、楽しかったですよ。
チャールズ　皆さん、元気かな？　アルフレッド、もう会社から戻ったのかい？　まさかずる休みしたんじゃないのだろうね？

アルフレッド　よう、どこに行っていたんだ？　ずっと探していたのだよ。

チャールズ　そうかい。ハムステッドヒースを散歩していたのさ。

アルフレッド　散歩だって？

マージェリー　一日中？

チャールズ　いや、途中で感じのいいパブがあってね、そこで昼食を取っていた。骨付きローストを一切れ、それにワインを一瓶。うまかったな。

アルフレッド　どうして会社に出なかった？

ジュディー　自殺したとばかり思っていたのよ。

パトリック　ジュディーはホワイトストン池をさらわせようとしたんですよ。

マージェリー　チャーリー、とにかくすごく心配していたのよ。

チャールズ　わたしの頭が悪いのかもしれないが、君たちの言っていることがまったく理解できない。

アルフレッド　いや、実はね、黙っているわけに行かなかったんだよ。君がわたしとの待ち合わせは守らないいし、会社にも出なかったから。

チャールズ　ああ、そうだったのか。（明るく）じゃあ、皆もう知っているというわけだね？

パトリック　解決したってことも知っていますよ。

アルフレッド　皆がすっかり動転してしまい、サー・アーサー・レターに直接電話することになったんだよ。頭取がどう対応なさったか伺ったよ。
チャールズ あの方は親切な方だよ、実に。
ジュディー 破産したの？
チャールズ 契約を履行できなかったのだ。
ジュディー どういう意味？
チャールズ そうだな、こういうことだ。株式仲買人が契約履行できない場合、取引所から除名されるのだ。
アルフレッド そうなったら、もう仕事ができないのさ。
チャールズ ドロシー、元気？ 新しい帽子ですね。
ドロシー （色っぽく）気に入った？ よく気づいてくださったわ。
アルフレッド あのねえ、チャーリー、相談したほうが良くないかね？ ティム、それからダイナーも席を外してくれるかい？
ティモシー はーい、分かりました。
パトリック ティム、悪いね。テニスはどうやらお流れだな。
ティモシー いや構わないよ。僕だって家庭内のもめごとのことは分かるつもりだ。
パトリック 家族と暮らしていれば避けられないペナルティーだよ。
チャールズ （ティモシーに）君とダイナーは二人で打ち合いをやっているといい。パットとジュディーもじきに参加する。

ティモシー　そうするよ。

チャールズ　長くはかからないよ。

ティモシー　気にしないで。急ぐこともないですよ。

チャールズ　（一寸皮肉に）有難う。

ダイアナ　じゃ行きましょう。（ダイアナとティモシー退場）

ドロシー　わたしも外しましょうか？

マージェリー　とんでもないわ。「デンマークでは何かが腐っている」というセリフがあるでしょ、あの予感がするのよ。

アルフレッド　教養をひけらかす場ではないんじゃないかな。

マージェリー　分かっているわ。だからこそ、ドロシーには側にいて欲しいのよ。女同士で支えて欲しい時だってあるわ。

アルフレッド　チャーリー、一日中、一体どこにいたんだい？　わたしは思いつくところに全部電話してみたのだ。

チャールズ　もう言ったじゃないか。ハムステッドヒースを散歩していたのだよ。

アルフレッド　だが、わたしと十時に待ち合わせをしていたじゃないか。

チャールズ　（微笑を浮かべて）君と十時に会うと思うと、ものすごくうんざりしたんだよ。

アルフレッド　ごあいさつだな。だって、あの約束は君が言いだしたのだよ。
マージェリー　ピースで一体何をしたの？
アルフレッド　散歩。考えごと。美しい景色の観賞。
チャールズ　一秒刻みで危機が迫っているときにかい？
アルフレッド　そういう事情があったから、景色が一段と綺麗に見えたんだ。
パトリック　こんなこと言って話に水をさすのもいけないけど、どうやら、父さんは何か悪い冗談を言って皆をかつごうというつもりらしいよ。
マージェリー　バカなことを言うものじゃないわ、パット。お父様はそんな人じゃないの、あなたも知ってるでしょうに。
アルフレッド　（したり顔で）目に見えない秘密がありそうだ。絶対そうだと思う。
チャールズ　トミー・エイボンが自殺したのは大打撃だったよ。（慎重な語り方であるものの、話題にしただけのことで、非常に重要な事件だと見なしていないかのような口調で）
アルフレッド　自殺してよかったとも言える。生きていれば、懲役十四年は食らっていただろうからな。
チャールズ　あの事件のせいで一財産すってしまった。
アルフレッド　もちろん君だけじゃないがね。わたしのクライアントも大勢やられた。ひどい奴だ。

チャールズ　わたしはね、自分の会社を誇りにしていたよ。自分の名前が株式取引所で高い評価を受けているのに、無邪気な誇りを抱いていた。人々がわたしを指さして、「立派な男だ。イギリス中央銀行並みに信用が置ける」と言っているのを知り大いに満足していたものだ。

アルフレッド　だからこそ、サー・アーサー・レターが苦境に陥った君を快く援助してくれたのさ。信用が業界では最良の資産だ。

チャールズ　破産寸前になった時、まず考えたのは会社を救うことだった。何とか苦境を乗り越えるために、所持していた私財はすべて差し出そうと覚悟した。そして打てる手は全部打った。

アルフレッド　言われなくても分かる。誰にも君ほど頑張るのは無理だったろう。

チャールズ　そうして昨夜、いわば最後の頼みの綱として願ったサー・アーサー・レターの支援が得られた。やっと救われた。どれほどほっとしたことか。

アルフレッド　そうだろうなあ、分かるよ。

チャールズ　今日は精算日だね。これまで悪夢を見ているようだった。昨夜、契約履行できると分かった。貯金は全部出さざるをえないのは分かったが、それはどうでも構わなかった。伝統ある会社が救われ、わたしの名声も保たれた。ねえ、名誉なんて妙なものだね。とっても大事だと誰もが思っているなんて奇妙だよ。おそらく習慣だけでのことだろうけど。

ジュディー パパ、偉いわ。家族の誰もそんな大変なことが起きているって気づかなかったじゃない。ねえママ、そうでしょ?

マージェリー そうよ。全然気づかなかったわよ。

チャールズ よかった。いつもに比べて多少機嫌が悪かったかもしれないがね。

ジュディー (愛想よく) いつもむっとしているから、同じだったわ。

チャールズ 今朝家を出た時は、とても爽やかな気分だった。財産をすったのでなく、財産を築いたと、わたしを見た人は勘違いしただろうな。戦地から戻って以来、毎朝していたように地下鉄の駅まで歩いた。知り合いの数人に会釈した。皆、わたしと同じくロンドンのシティーに向かっている。駅に着いた。いつものように混雑していた。その時急に心が沈んだ。

ジュディー どうして?

チャールズ ここ数日の間、もう駄目だと思うことが数回あった。そういうときは、夜ベッドに入ってから、眠れぬままにあれこれ頭に浮かんだ。もし破産したらどうするかを考えてみた。詳細な計画を立ててみた。それが心をなごませた。失敗を前向きにとらえられると思った。そして、どうにか嵐を切り抜けた。だから今後も死ぬまで、これまで十二年間やってきたのと同じく、地下鉄で会社に行き、市場をしらべ、株の売り買いをやって行くことが可能になった。ところが、突然、破産は生命と自由を意味するような気がした。

逆に、シティーに急ぐ乗客を乗せる地下鉄は束縛と死を意味するように思えたのだ。そこで、ハムステッドヒースに散歩をしに行ったのだ。
マージェリー　でも、あなた、それは神経過敏になっていただけよ。戦争以来誰もが時々そのようになるのよ。あの恐ろしい経験をした者は誰だってそうよ。少なくともわたしはそうだわ。
ジュディー　でも、ママは軍人専用の売店で働いていた時、すごく楽しかったんでしょ？
マージェリー　何てひどいことを言うの？　何時間も立ち続けで働いたのよ。戦争のために尽くす覚悟がなければ耐えられなかったでしょう。
アルフレッド　ジュディー、君は赤ん坊だったじゃないか。戦争を経験した者の気持なんて分からないだろうよ。君たちの世代の者には経験させたくないがね。
ジュディー　あたしはこう思うの。実際に爆弾が落ちてきた時は大変だっただろうけど、それ以外の時は、皆結構楽しんでいたんじゃない？　戦時中が、戦前よりも戦後よりも楽しかったのよ。だから、また戦争が始まれば、ほとんどの大人は歓声をあげて、協力するに決まっているわ。
アルフレッド　うん、戦争が始まった時は当然のこととして召集に応じたよ。勃発すればまた応じるだろうな。
マージェリー　でも歓声をあげたりするものですか！　心に死を覚悟してですよ。

アルフレッド　あの当時僕らがどんな大きな犠牲を払ったか、考えたことあるかね？　君たちのためだったんだよ。
パトリック　僕たちのため？
アルフレッド　そうだよ。君とジュディーとダイナーとティムのためさ。君たちの世代のためさ。
パトリック　笑わせないでよ。僕らは伯父さんたちの犠牲者だよ。
ジュディー　あたしたちの世代のために頑張ってくれたからこっちが感謝しているとでも思っているの？　それは違うわ。
アルフレッド　これは驚いたな。君たちは戦争が勃発した時まだ赤ん坊だったじゃないか。君たちまで、戦争の影響を受けたとは考えられない。
パトリック　そうでしょうか？　僕らがどっちを向いても、戦争が立ちはだかっているというのに！　生まれた時からずっと、首の周りにくっついている重石みたいだ。僕らは他の世代の人と同じく、生きる権利があるのに、大人は僕らが人生を始める前に邪魔をしたんだ。
アルフレッド　僕らだって戦争を望んだわけではない。押しつけられたのだ。
ジュディー　そうでしょうとも！　戦争は嫌だったんでしょうよ。でもずるずると戦争に引き込まれ、だらだらと戦争時代を過ごし、終戦を迎えたのね。自分らの人生をだらしなく生きたあげく、わたしたちの人生まで混乱させてしまったのよ。

マージェリー　恩知らずよ、ジュディー。あなたたちは恵まれた生活を送ってきたじゃありませんか。あなたたちほど、恵まれた子供はいないわ。
パトリック　母さん、分かっていないよ。僕らはずっと意気消沈とか不安感とかの雰囲気の中で育った。もちろんその影響があって、僕らは生命力を奪われた。大人は世界を台無しにし、しかも、それを立て直そうとする僕らの力まで奪ったんだ。
ジュディー　誰かが職がないと、戦争のせいだって言うのよ。怠惰で無能だと、それも戦争のせい。小切手を偽造したり、重婚罪を犯したりすれば、戦争のせい。道が悪くて列車がおんぼろでも、戦争のせい。借金や税金で悩めば、それも戦争のせい。
アルフレッド　戦争が戦後まで長く残る様々な問題や困難をもたらすのは誰の目にも明らかだよ。我々はそれに向かってゆかねばならないのだ。
ジュディー　そういう「我々」の中に、どうしてあたしたちまで入れるの？　大人の愚かな間違いの犠牲になるのはごめんよ。
チャールズ　さっきジュディーが戦争について言ったことにはいくぶん真実があるな。つまり、わたしらは常におどおどしていたわけではないし、いつも寒かったわけでもないし、いつも空腹だったわけでもない。結構楽しかった期間もあった。
アルフレッド　わたしにとっての戦争は、絶えざる恐怖だった。
チャールズ　バカ言うな。自分が頑強な人間だというのを若い者に示そうとして、つまらぬ戦時体験をあれこれ喋るけれど、いまいましいことに、彼らは信じないのだ。正直に認めたらどうだ。臨時将校になるのは愉快だったのだ。偉そうにしていられて、しかも大した責任はない。いくら怠惰にしていても良心の咎めのない期間がよくあった。心が躍るようなことが始終あった。わたしが戦争から得たのは、肺炎と、腰の負傷、頭蓋骨の損傷、それに臨時将校の経験だけだった。それでも、あれはよい経験だった。

マージェリー　あなたが無事に復員できたのは奇跡だったわ。

ジュディー　帰国した時、パパはひどくしょんぼりしてたんじゃないの?

チャールズ　いや、自分が生きているって考えるととても嬉しかったよ。三十歳だった。自分にこう言い聞かせたよ。「若い頃の大事な五年間を無駄にした。でも不平を言ってもしょうがない。残ったものをせいぜい生かそう」とね。十二年前のことになる。そしてわたしの若さは消えてしまった。

アルフレッド　残った歳月を君が最大限に活用したことは誰もが知っているよ。終戦時には皆そうだったが、君も最初からやり直さねばならなかった。でも君の仕上げたことは見事だ。立派な邸、車があり、奥さんを君の社会的な地位にふさわしいように遇してきたものの。子供たちにしても、一流の学校で学ばせてきた。さらに一財産築きもしたじゃないか!

チャールズ　およそ一万五千ポンド。

アルフレッド　君自身のミスではない不幸な出来事のために、それを全部失ってしまったにしても、まだ残ったものはある。何と言っても、地位は失っていない。今後稼ぐことができる。だから、そう不満は大きくないはずだろう。

チャールズ　（考えながら口を開くような感じで）株式仲買人が稼がせてもらうのは、むろん地味なクライアントからではない。派手な投機家からだ。面白いからと一山張ってみる賭博人であれ、汗水たらさずに金儲けができると考える愚か者であれ、結果は同じ。出した金はすべて株式仲買人のポケットに入ってしまう。

アルフレッド　それは投機家が気をつけるべきことだ。

チャールズ　もちろんそうだ。だがね、自分が前線で何度も間一髪で死を免れたのに、残りの人生をそんな無気力な仕方で過ごしてよいのだろうか、と自分に問わざるをえなかったよ。

パトリック　無気力とは思わなかったけど。

チャールズ　パット、君は証券取引所に行ったことはなかったな。一度連れて行っておけばよかった。きっと興味を覚えただろう。

ジュディー　関係者以外は入れないんじゃないの？

チャールズ　ああ、もし入って見つかると、ひどい目に遭う。シルクハットを台無しにされるだろう。

アルフレッド　自分の会社の社員としてもぐりこませることはできただろうがな。誰も気づかないさ。あれは驚くべき光景だよ。

チャールズ　言葉の及ぶところではないね。まず騒音がすごいのだ。

アルフレッド　耳をつんざくばかり。

チャールズ　誰もが大声で叫んでいて、会員は皆気がふれたみたいに走り回っている。最初はなんだかわくわくするだろう。喧噪《けんそう》が興奮をかきたてるのだ。

アルフレッド　その通り。

チャールズ　アルフレッド、君は会員が取引停止の宣告を受けるのを見たことあるかね？

アルフレッド　いや、見たことないな。

チャールズ　あれは厳粛なものだよ。たとえば、三時に時計が時を告げる。（応接間の時計が三時を告げる）あの時計が鳴ると、二人の職員が立会場の壇上に現れる。あたかも死者に対してするように帽子をうやうやしくとる。木槌で演壇を三回叩く。とたんに全員が上を向き、あの耳をつんざく騒音が、あたかもナイフで切られたかのように、突然ぴたっと止まる。あの静寂ではピンの落ちる音も聞こえるだろう。死の静寂の中で鳴る木槌の音は、何度聞いても、怖いものだ。コンソル公債取引部門の職員が告示文を読み上げ、鉱山株取引部門の職員が繰り返す。「紳士諸君、ウオーグレイヴ、バットル社として取引してきたチャールズ・ロレンス・バットル氏は契約を履行できません」。職員たちはしゃがれた大声で感情を出さずに読み上げる。同様の告示を何度も読んできたわけだからね。読み終わると壇上をゆっくり降りる。一瞬の間がある。どれほど無情な会員でも哀れを感じる。取引所のほとんどが善良な連中であり、一寸だけ感傷的だから、仲間の誰かが取引停止になると胸が痛む。運が悪かっただけかもしれない。実力に不相応な取引をしたのかもしれない。自分の仕事が順調のときなら、失敗した者に同情する余裕があるし、自分が不調のときなら、次は自分の番かもしれぬと戦々恐々だ。そう、一瞬は沈鬱な気分が全員の胸に生じるのだが、次の瞬間、突然止まった騒音が再度猛烈な勢いで始まる。まさに修羅場だな。ウオーグレイヴ、バットル社として取引してきたチャールズ・ロレンス・バットル氏はすっかり忘れられてしまう。彼を置いてきぼりにして、すべてが再開する。

（突然、玄関の電話が鳴る）

マージェリー　ジュディー、出てくれる？

チャールズ　わたしだったら、留守だと言ってくれ。いくら緊急の用事だと言われても同じだよ。

ジュディー　分かった。（出て行く）

アルフレッド　なあ、チャーリー、取引停止宣告を逃れてよかったな。一財産失ったにしても、また築けるよ。生きてさえいれば希望がある。

ドロシー　チャーリー、あなた何日間もずっと不安だったんでしょう？

チャールズ　少々はね。

マージェリー　どうしてわたしに打ち明けてくれなかったの？
チャールズ　君まで心配させてもけっきょく無意味だからな。
（ジュディーが戻ってくる）
ジュディー　ターナーさんから。パパと是非話したいと言って、留守ですって言ったら、驚いたり騒いだりしだしたわ。
チャールズ　親切な男だ。わが娘らしく上手にさばいてくれたね。
ジュディー　アルフレッド伯父さんに連絡できるかって聞くので、ここに居ますって答えたの。電話で待っているわ。
アルフレッド　わたしに何の用事かな？
ドロシー　電話に出てみれば？
（アルフレッドが立ち上がり出て行く）
マージェリー　ねえ、チャーリー、こんなことになったら夏の休暇は無理かしら？
ドロシー　マージとわたしで、いつもと違って、今年はリビエラに行こうと計画していたのよ。子供のためにもいいと思って。
マージェリー　いつものテムズ川もいいけど、子供たちにはフランス旅行がいいんじゃないかって考えたの。それに皆さん、最近はアンティーブに行っているわね。
ジュディー　ママ、素敵！　ティムとダイナーも一緒？

ドロシー　まだ夫と相談してないのよ。お母様とわたしで話し合っていただけ。
マージェリー　もちろん、こんな騒動が起こる以前のことよ。
ドロシー　（ジュディーに向かって）あなたのパパが一緒に行くのは、今度は無理かもね。でもあなたたちが行くのは構わないでしょうよ。お金のかからないペンションに泊まれば、イギリスにいるときとあまり変わらないもの。
マージェリー　もちろん、うんと切り詰めることになるでしょうけどね。
ジュディー　ねえ、パパ、行っていいと言ってよ。楽しそうだもの。パット、そう思わない？
パトリック　ああ、悪くないな。
（アルフレッドが取り乱して入室）
アルフレッド　チャーリー、ターナーは君が取引停止を食らったと言ってるよ！
チャールズ　（冷静に）それがどうした？
アルフレッド　ターナーはすっかり狼狽《ろうばい》している。すべてうまく行くように手配できていたと思っていたのに、と言っている。チャーリー、これは間違いだよね？
チャールズ　（冷笑的に）本当だよ。「職員が小さな木槌を打ち下ろし、途端にチャーリーすっ飛んだ！」ってわけさ。
アルフレッド　嘘だろう？　君は自分が何を言っているか分かってないのだ。ねえ、後生だから、しっかりしてくれ。

マージェリー　一体どうしたの？
アルフレッド　（強い口調で）一体、どういうことなんだい？
チャールズ　さっき取引停止宣告を受ける場面を芝居がかった説明で再現してみせていた同じ時間に、実際に取引所でわたしは宣告を受けていたということだよ。時計が三時を打っていると、皆に注意したのを覚えていないかな？
パトリック　陳腐な劇的効果は不愉快です。
チャールズ　わたしは単純人間だから、そういうのに弱いんだ。
ジュディー　パパにはユーモアの感覚がないって思い込んでいたけどね、それ間違いだったのかも。だって、どう考えても、あたしたちのことからかっているみたいじゃない？
チャールズ　今日三時が近づいてきて、これから起こることを覚《さと》った時、ハムステッドヒースに一人でいるのが一寸寂しくなったのだ。突然、家族と一緒にいたいと思い、戻ってきたというわけさ。
マージェリー　信じられない。こんなことになるなんて。
チャールズ　バッファローという動物は死が近いのを覚ると、仲間から離れて一頭になるというね。その点、わたしはバッファローとは違うようだね。
アルフレッド　さっぱり理解に苦しむ経験は、わたしには滅多にない。だが今は別だ。契約不履行を充分に避けられたのに、何だって……。

チャールズ　敢《あ》えて避けなかったのだ。
アルフレッド　ポケットにはサー・アーサー・レターの小切手があったじゃないか！
チャールズ　今でもある。（ポケットから小切手を出して、アルフレッドに渡す）面倒かけてわるいけど、これを送り返して、ご親切を活用させて頂かぬように決心した旨、伝えてくれないか？
アルフレッド　これはきっと何か目に見えない謎があるぞ。わたしにはそう断言できる。
マージェリー　わたしたち、破産ね。
ドロシー　マージ、何てひどいことになったのでしょうね。
アルフレッド　ドロシー、席を外してくれるかい。
ドロシー　いいわよ。（マージェリーに）庭にいるから、必要なときは呼んで。
マージェリー　はい、分かりました。
（ドロシー退場）
ジュディー　アルフレッド伯父さん、わたしたちもそうする？
チャールズ　君たちはいてくれ。君たちにも大いに関係することがあるから。
パトリック　でも、契約不履行を宣言されたのなら、もう首が回らないんだね？
チャールズ　そうだな、まあ、コマみたいに回すのは無理かもしれん。
パトリック　コマだなんて、まだふざけるんですか！

アルフレッド　わたしもチャーリーは変だと思うな。自分を救える手段がポケットにあるのに、敢えて不履行宣言されるままにしたのだから。
パトリック　でも一体、どうして、そんなことをしたの？
アルフレッド　もちろん、チャーリーは大打撃を受けたさ。でもそれは彼だけじゃない。生涯で何回も財産を失い、また築いた人をわたしはたくさん知っているよ。証券取引所では、そんなことは日常茶飯事だ。
パトリック　そういうときは、勇気が出せるか否かが問われるね。
チャーールズ　（目に笑みをたたえて）その通り、我が息子よ。君も勇気を示すよい機会にまもなく恵まれるだろうよ。
アルフレッド　立派な伝統のある会社を救うチャンスがあったのに、どうして救わなかったのだ？
チャーールズ　心を鬼にしたのだ。時計が三時を鳴らした時、心が張り裂けそうな気分を味わったのは否定しない。
マージェリー　チャーリー、亡くなったお父様は、とても誇りにしていらしたわね。ロンドンのシティーでわが社ほど立派な会社は他にない、といつもおっしゃっていたもの。
アルフレッド　これからどうするつもりだ？
チャーールズ　（さりげなく）海外に行く。

マージェリー　（急にあわてて）まさか犯罪ではないわよね？　逮捕状が出たりしないわよね？
チャールズ　大丈夫、大丈夫だよ。わたしの行為がいくら恥ずべきものであっても、法律違反はしていない。
マージェリー　（困惑して）株式仲買人って分からないわ。変な職業だわ。
アルフレッド　さっぱり理解できないな。後生だからわけを教えてくれ、チャーリー。戯れに自殺行為をする人はいない。
チャールズ　動機は単純さ。今朝起きたら、価値なしという結論に達したのだ。
アルフレッド　何が価値なしなのだ？
チャールズ　これまでの生き方だよ。この十二年間来る日も来る日も地下鉄でシティーに行き、昼は株式を売ったり買ったりして過ごし、夕方は同じ地下鉄で帰宅した。そうして月日は巡っていった。もうたくさんだ。反吐《へど》がでるほどうんざりだ。もう世間体に振り回されるのはこりごりだ。もう嫌だ。見てくれ。（ピカピカのシルクハットをとる）職業の印だ。地位と世間体の象徴だ。洒落ていて、粋で、かっこういい。よくご覧。一攫千金《いっかく》の可能性の象徴だ。くそ食らえ！（帽子を床に叩きつけ、踏みつけ、蹴飛ばす）
マージェリー　まあ、何てことするの。あれだけ帽子にうるさかった人が乱暴なことして！　わたしたち、これからどうなるのでしょう！

パトリック　父さん、そこまで派手にやることないじゃありませんか！
チャールズ　人は興奮するとやりすぎもあるんだ！
ジュディー　パパ、あたしたちはどうなるの？
チャールズ　君たちとは別れるよ。
パトリック　どれくらいの間？
チャールズ　永久に。
パトリック　（非常に驚いて）なぜ？
チャールズ　（ごく自然な口調で）君らに退屈したからさ。
パトリック　僕らに退屈した？　僕とジュディーに退屈した？
チャールズ　そうだよ、君とジュディーに退屈した。君も父さんに退屈していないかね？
パトリック　それは違う。父さんだもの。
チャールズ　どう違う？
パトリック　誰だって自分の親には退屈するよ。それが人間性さ。
チャールズ　そうかね？
パトリック　親は世代が違うもの。僕らにとって中年は当然退屈さ。
チャールズ　（微笑を浮かべて）中年者も若者を退屈だと思うとは考えたことがないのかね？
パトリック　ないね。

チャールズ　若者は実に退屈だよ。
パトリック　でもどうして？　若者は退屈なんかじゃない。
チャールズ　そうだろうか？
パトリック　退屈なはずがないもの。若くて血気盛んだし。若者は色んな考えを持っている。ねえ、母さんそうでしょ？
マージェリー　ええ、そうよ。
パトリック　ジュディーと僕を退屈だと言うなんて、へんだよ。僕たちが居なかったら、この家はどうなると思う？　お墓だよ。食事の時だって、僕らが家族の命であり魂だ。ねえ、ジュディー、そうだね？
ジュディー　もちろん。
パトリック　誰にでも聞いてごらんよ、皆僕らがだんとつに頭がいいって答えるよ。もし僕らを退屈だと思うとしたら、思うほうが愚かだからだ。
マージェリー　パット、それ失礼よ。お父様にそんな物言いはいけないわ。
パトリック　あっちが悪いんだ。愚かという以外にないもの。
マージェリー　わたしには分からないわ。
パトリック　みんな恩知らずなんだ。
チャールズ　他の若者と較べて、君たちがとくに退屈だとは思わないさ。おそらく、君たちのことはよく知っているから、それだけ退屈なのじゃないかな。
パトリック　でも若さはそれ自体で充分価値がある。この世で唯一大事なのは若さだと、最近考えられているのに気づかないほど父さんも愚かでないでしょ？　それに気づいたから、僕らの世代は過去の世代よりも進歩しているのだ。ジュディー、言う意味分かるだろう？
ジュディー　もちろんよ。パパの時代には、人は早く大人になりたがったものよ。
パトリック　その通り。でも僕らは違う。今若いんだから、その若さを今楽しもうというわけだ。世界史上初めて、若さの無限の価値に目覚めたんです。
マージェリー　そうね、若いことは素晴らしいわ。
パトリック　父さんたちの生活は僕らがいなければ無に等しい。僕たちのお蔭で浮き浮きした気分を味わったり、生きているとしみじみ感じたりしてきたでしょう！　それなのに、僕らが退屈だなんて、呆れたよ！　自分自身の自慢はしたくないけど、ジュディーを退屈だと思う人なんて一人もいないし、僕について同じことを彼女は言うと思う。
ジュディー　ええ、その通り。
チャールズ　（穏やかに）若い連中の会話が中年者にとっては、とても下らないと、少しでも考えたことあるかな？　つまらぬことを、ああでもない、こうでもないとぺちゃくちゃ喋っている。自分らの主張だけを聞き、他人の言うことには耳を傾けない。それから、自分自身のことを過大評価しすぎる。何も知りもしないくせに、口をつぐむという常識もない。周知の事実を、世紀の大発見でもしたかのように喋る。くそまじめだ。自己満足だ。独断的だ。愚かだ。唯一の弁明は、まだ若いからというだけ。まあ、辛抱して相手をするがね。だが、大人が君たちを面白いと思っているると勘違いしてはいけない。耐え難いほど退屈しているのだよ。

（ジュディーが笑いそうになるが、抑える）

パトリック　ジュディー、笑うな。笑いごとじゃない。父さん、これだけは言っておくよ。この家で僕が陽気に振る舞い、冗談を言ったりするのはこれが最後だ。いままで、すごく骨が折れたよ。でも最善を尽くした。親のために精根つきるまで頑張った。でももうやらない。絶対にするものか！

ジュディー　パパ、子供に愛情を感じないの？

チャールズ　ああ、感じないよ。

マージェリー　チャーリー、何てひどいことを言うの！　子供は可愛いに決まっているじゃありませんか！

チャールズ　幼い頃は、可愛いと思ったが、大きくなった今は興味ないな。

パトリック　（憤慨して）でもそれは不自然だよ。

チャールズ　そう思うかね。わたしは思わない。子供が幼い時は可愛いと思うよ。子犬や子猫が可愛いのと同じだ。親に頼り切っている姿に心を打たれることもある。親を偉いと思うというのも、まあ、悪い気はしないね。だが、あっという間に大きくなっていき、自分なりの性格を持つ男女になる。もう、親の一部ではない。個人だ。他人だ。そうなったらもう好む理由などない。

パトリック　ジュディーや僕は父さんには子犬や子猫くらいの存在だというのですか？

チャールズ　多少違うな。子犬がすくすくと育って立派な成犬になってしまうと、親犬にとってあまり大きな意味を持たなくなるだろう、あれと同じだ。

ジュディー　でもあたしたちが死んだら、悲しむでしょう？

チャールズ　とても悲しむだろう。君たちが子供の頃病気になったときは、ひどく心配したよ。あの頃は可愛がっていたから。君たちがとても健康だったのはひょっとすると不運だったかもしれないな。

パトリック　親の愛情を呼び覚ますために病気になるのなんてご免だ。

チャールズ　その通り。君たちに立派な肉体を与えられたことでわたしは自分がよいことをしたと誇っている。

パトリック　僕たちのことをとても誇りに思っているのだと思っていたよ。僕は中学高校のどのクラスでも上から五番以内の成績だったし、寮長も務めた。クリケット部でもラグビー部でも、キャプテンだった。公平な人なら誰でも僕が親の誇りだと認めるよ。

チャールズ　自分の子供を誇るというのは、単に自分のことを誇るのと事実上同じさ。わたしは自惚れ屋じゃないよ。

パトリック　ふう。参ったな。

チャールズ　パット、わたしのこと好きかね?

マージェリー　決まっていますよ、チャーリー。この子たちみたいな愛情深い子はいないわよ。

チャールズ　本人に答えさせよう。

パトリック　どういう意味だか分からないな。子供が自然に父親を好むというふうに好きだけど。父さんは子供に愛されるような行動をしていないじゃないですか!

チャールズ　わたしが死ねば少しは泣くだろう。そうするのは親切だし、立派な礼儀だ。しかし、今のわたしは元気いっぱいだ。うるさい奴だと思わないかな? お小遣をもらわねばならないとか、それをどう使うかの説明を求められるのも腹立たしく思っているのだろう?

パトリック　僕と同じ年の若者なら当然、独立したがるさ。

チャールズ　自分のマンションを持てればいいと思ったことだってあるだろう?

パトリック　そう思ったらどうだって言うの?

チャールズ　両親と一緒に暮らすのが面白くなくなってきた証拠じゃないかな?

パトリック　でも、人の自然な気持を変えることはできない。親が子供を愛するのは人間性に合致している。でも子供が親を大好きだと期待するのは無理だよ。

マージェリー　パット、何ということを言うの！

パトリック　アルフレッド伯父さんに聞いてみよう。伯父さんは世の中のことをよく知っているから。伯父さんは自分らの可愛がっているティムとダイナーが、親のことをそれほど愛していないのを理解していると思う。

アルフレッド　パット、それは間違っているんじゃないかな。我が家くらい親子関係が良好な家族はないのだよ。我が家の子供は他と育て方が違うからね。ドロシーとわたしは子供とは仲間なのだ。親を名前で呼ばせているのも友人仲間だからだ。家族生活はとても楽しい。子供はわたしを何でもしてくれる大事な兄貴だと見なしている。わたしが冗談を言えば、腹をかかえて転げまわって大笑いしているよ。

（パトリックとジュディーは顔を見合わせる）

チャールズ　君たちのような賢くて理知的な子供はわたしがいなくても充分快適にやって行けるという考えに到達した。それがわたしにも好都合だから、自立する機会を提供しようじゃないか。

パトリック　でもどうして暮らして行けばいいの？　ジュディーが売春するしかないじゃないか。

ジュディー　バカなこと言わないで！　男の子って何にも知らないのだから。

パトリック　だって、父さんがお金をくれないのなら、他に手段がないじゃないか！

ジュディー　戦争以来、素人が玄人の仕事をすっかり奪ったこと知らないの？　今じゃ、売春で食べて行くのは、素人の若い女には無理よ。

マージェリー　ジュディー、一体何を言い出すの？　年若い女の子が口にする言葉じゃありません。ああ、世の中はどうなっているのかしら？

パトリック　ケンブリッジに行き弁護士になるという計画は、もう実現は無理なの？

チャールズ　今でも労働党から選挙に出て国会入りを果たすつもりでいるのかね？

パトリック　最終的には、もちろんそうだよ。

チャールズ　労働党も、君のようなタイプの人間を避けだしているんじゃないかな？　選挙に有利だというだけで入党しておいて、当選後に甘い汁だけ吸おうと言う連中のことさ。

パトリック　僕らの階級の人間を欲しがっているんだよ。

チャールズ　聖パウロのことを考えたことがあるかな？　彼は天幕造りを職業にしていたのだよ。名人だという評判だった。

パトリック　父さん、止めてよ。真面目な話をしているのだから、宗教の話は持ち出さないでよ。

チャールズ　労働者になるほうが君のためになると思うのだ。たとえば、清掃人とか火夫とか。

パトリック 僕が？
チャールズ 労働者階級を内部から知るのだ。議員たちが大臣などのポストを狙って争っているとき、労働者あがりのほうがイートン出オックスフォード出より有利になれる。
アルフレッド チャーリー、詰まらぬ話はそれくらいにしたほうがいい。子供が成長してまさに広い世間に出てゆこうとしているときこそ、父親の支援が要るんだ。放置するなんていけないよ。
チャールズ そうかね。まあ、見ていてくれたまえ。
アルフレッド 一文無しにさせる気かね？
チャールズ いや、厳密に言うと一文無しではない。そこまでするだけの大胆な精神はわたしにはないからな。
パトリック でもすべてを失ったんでしょ？
マージェリー 株式仲買人はね、いざというときに備えて、債権者の手の届かないお金を隠しているものなのよ。
チャールズ 残念だが、それはない。今日までわたしは名誉の権化とでも言うしかない人物だったのだから。
パトリック じゃあ、本当に一文もないの？
チャールズ 契約を履行するためには、本来は私財もすべて出すべきなのだ。でもわたしは不履行宣言された立場だ。ニューヨークの銀行に二万ポンドの価値のある株式をたまたま預けてある。

パトリック　え？

チャールズ　債権者に渡すべきなのだがね。道義上は彼らに権利があるのだから。

アルフレッド　まあそういうことだ。

チャールズ　弁護士もそう認めている。わたしにも、すべてを渡さないのは紳士的でないという思いはある。しかし、この際取っておくつもりだ。

アルフレッド　え、チャーリー、それはいけない。

チャールズ　法律上？

アルフレッド　いや、法律上は、許される。でも道義上はいかん。ひどくふらちなやり方だ。友人だってけしからぬ奴だと見るだろう。

チャールズ　それが当然さ。でもじっくり思案したあげく、友人にそう見られても、食欲は無くならぬし、不眠に陥ることもあるまいという結論に達したのだよ。

（ジュディーがまたくすくす笑い出す）

マージェリー　ジュディー、笑ってはいけません。お父様の名誉にかかわる大事なお話なのですからね。

チャールズ　二つの選択肢がある。その二万ポンドで、およそ年額一千ポンドの利子が得られる。それを自分用にすれば、質素ながら暮らして行ける。でもそれでは身勝手だろうな。

マージェリー　子供が気の毒だわ。まさかロンドンの通りで乞食をさせるなんてありえません。

チャールズ　わたしはじきに気が咎めるたちだから、妻や子供が路頭に迷っていると思うと、ほがらかな気持になれないんだ。

（マージェリーがぎょっとして、夫を困惑した目で凝視する）

マージェリー　でもチャーリー……。

チャールズ　（妻を遮って）もう一方の選択は、全額家族に渡して、一人貧しく出て行くことだ。潔くて恰好は良いが、愚かだ。それで、結局、一万五千ポンドを妻に渡し、五千ポンドを自分のために残すと決めた。そこからの利子でも飢え死にすることはないだろう。

マージェリー　でもわたしは一緒に行くのでしょ？

チャールズ　いや、いや、違うさ。だって、そんなの君には大迷惑だろうからね。

マージェリー　（息苦しそうに）まあ、まさか、あなた一人だとは思わなかったわ！

チャールズ　そうかね。はっきりさせたつもりだったがね。

マージェリー　全然気づかなかったわよ。アルフレッド、あなたは気づいていた？

アルフレッド　マージェリー、わたしに聞いても無駄さ。だって、わたしは自分が今立っているのか、逆立ちしているのかも分からないでいるのだから。

マージェリー　とにかく理解できませんよ。そんなばかげた話、聞いたこともないわ。けんかしたり大騒ぎをするでもなく普通にお喋りしていて、ごく気軽に別れようと言い出すなんてありえないわ。それじゃまるで、家で働いていた運転手が、「もっとよい職につくので、辞めます」と言うみたいじゃありませんか！

チャールズ　いや、そうじゃない。年取った召使いが、「もう歳ですので、当然の報いとして暇を取らせて頂きたい」と主人に告げるようなものだな。

マージェリー　バカげているわ！　わたしゃ子供を見捨てる理由などないはずよ。

チャールズ　夫と父親の役目を充分果たしてきたじゃないか。喜びも利益も得られなくなった仕事は辞めるべきだと思うのだ。

マージェリー　わたしを退屈な女だと思うの？

チャールズ　少しね。いや、それは嘘だ。ものすごく退屈だ。

マージェリー　アルフレッド、この人、どこかおかしくなったのよ。

アルフレッド　実はわたしもそうじゃないかと思っていたところだ。チャーリー、君は完全に頭がおかしい。

チャールズ　だったら、自分でも気づくはずだよ。

マージェリー　身近な家族でも気づかないことが時にはあるそうよ。有難いことに、今までは家族にそういう人はいなかったのに！（電話の鳴る音がする）あら、うるさいわね！
チャールズ　パット、誰からだか、出てくれ。わたしに用事なら、留守だと言ってくれ。
（パトリックが無言で退場）
マージェリー　わたしと一緒に暮らしていたいのだと思っていたわ。フランスかイタリアのどこかで安く暮らせるところを探して、ゴルフでもして過ごそうというのが、あなたの考えだと思ったのよ。
チャールズ　君はそんな生活はいやだろうに。
マージェリー　それはいやよ。でも妻である以上、義務だと思えばできたでしょうよ。それに、そういう環境でも案外良い人たちと知り合うこともありえると思ったのよ。
チャールズ　そんな犠牲を君に払わせようとはまったく思わなかったよ。
（パトリックが戻ってくる）
パトリック　ターナーさんだよ。父さんがいるって言ったから、電話を切らずに待っているよ。
チャールズ　いないと言わなかったのか！（急いで退場）
マージェリー　アルフレッド、どうしたらいいでしょう?
アルフレッド　チャーリーと二人だけで話してみよう。弁護士としてこの種の事柄には慣れている。わたしの経験だと、取り返しのつかないことを言わないうちに、双方の友人が間に入るのがベストだ。

マージェリー　すっかり面くらってしまったわ。今までずっとおとなしくしていたチャーリーが突然わたしに逆らうなんて奇妙ですもの。

ジュディー　ママ、行きましょうよ。アルフレッド伯父さんが、わたしたちがいないほうがよいと言うのなら、パパが戻って来る前に消えましょうよ。

アルフレッド　ああ、それがいいね。わたしが真相を探ってみよう。

マージェリー　もしあの人が、わたしに一緒に来て欲しいと言ったのなら、「わたしは妻ですけど親でもあるのよ。子供を置き去りにできないわ。それにわたしがあなたにとって無意味な存在になったというのなら、一人で出ていったらいい」と言ったでしょうね。そうして円満に別離を取り決めたでしょう。でも、来て欲しくないと言うのなら、事情がまったく違ってくるわ。

アルフレッド　どういうことかな？　わたしには違いが分からないけど。

マージェリー　明瞭ですよ。そんな扱いは許せません。女の意地がありますからね。

アルフレッド　もちろん、そうだったな。忘れていた。さあ、消えて。

マージェリー　はい、はい。

パトリック　父さんがおかしくなったのは確かだよ。僕たちが退屈だなんて、正気じゃないよ。

マージェリー お医者様を呼んだほうがいいかしら。(ジュディーに) その帽子を取って。

ジュディー (帽子を拾って) はい。

マージェリー (胸に押し当てて) 残酷に殺された赤ちゃんみたいだわ。アルメニアのフォークソングを思い出すわ。

(アルフレッドを残して全員退場。チャールズ登場)

チャールズ おや? 皆どうした?

アルフレッド 出て行ってもらった。二人だけで話したかった。

チャールズ 電話はバーティ・ターナーからだった。

アルフレッド 何だって?

チャールズ (微笑して) うん。いい奴だよ。わたしが市場に復帰できるようにと、彼と数人で金集めをしてくれたそうだ。

アルフレッド そうだったのか!

チャールズ イエス・キリストは人間心理をご存じだったなあ。不当な仕打ちには抵抗できるけど、親切には抵抗できない。

アルフレッド (ひとひざ乗り出して) で、好意を受け入れたのだね?

チャールズ いや、それはできなかった。でも感動したものだから、かえってそっけない態度を取ってしまったよ。余計なことをするな、と言って電話を切った。

アルフレッド　チャーリー、君はどうしてそんなに愚かなんだ？

チャールズ　小言を言わんでくれよ。今は胸がいっぱいなのだから。

アルフレッド　小言など言うつもりはない。だが、二人だけになったのだから、率直に話し合おう。ざっくばらんに、包み隠さずにな。一体どういうつもりなのだね？　本当のところは？

チャールズ　（気を取り直して）え、何のことだい？

アルフレッド　（陽気に）とぼけるなよ。本当のところを話したまえ。女がからんでいるのだろう？　できるものなら否定したまえ。

チャールズ　否定する。

アルフレッド　ごまかしても無駄だ。わたしの目に狂いはないぞ。仕事を捨て、家族もおきざりにする、となれば、女のせいに決まっている。もしそうでないのなら、帽子を食べるよ。

チャールズ　（愉快そうに）食べるがいい。

アルフレッド　しらばっくれるのはやめろよ。昔からの友人を信用したまえ。わたしは物分かりのよい人間だ。君は結婚して十九年になるね。時々気分転換したくなるものさ。可愛い小娘に惚れたとしても責めないよ。適当に楽しむがいい。生きている期間は短く、死んでからが長いのだから。でもな、分別が大事だ。可愛い女のために、幸福な家庭を壊すのはいけない。つまり、言う意味分かるだろう? 一寸した浮気を大袈裟に考えることはないよ。考え直すことだな。

チャールズ アルフレッド、君はわたしより可愛い小娘のことに通じているね?

アルフレッド (ちゃめっぽく)職業上、時々若い女性と接触するがね。それにわたしも人間さ。でも、軽い浮気で家庭を台無しにしたことは一度もない。絶対ない。

チャールズ 年収二百五十ポンドの中年男と進んで同棲しようという可愛い女の子に会ったことあるかい?

アルフレッド 君がどこかに小金を隠しているのじゃないかってマージェリーが言っていたけど、あれ、図星じゃないのか。

チャールズ そんなもの、一文もないよ。

アルフレッド じゃあ、週五ポンドで暮らす気でいるのかい?

チャールズ 生活するには充分だよ。贅沢のいいところは、一度経験すれば、その後は経験せずに済むということだな。わたしは二十年間車を所有したから、今は足で歩くことで満足だ。だが、食って行くだけが目的の仕事はもうたくさんだ。

アルフレッド 君が女と駆け落ちするのでないというのなら、なぜ出て行くんだ。

チャールズ 自分がうんざりしている仕事をして、自分が関心を持たない家族のために時間を無駄に過ごす気がなくなったのだよ。自分を大事にする生き方がしたい。これまで家族のために十二分に責任を果たしてきたつもりだ。未来は自分のためだけに生きたい。

アルフレッド　具体的に何をするつもりだ？

チャールズ　まだ考えていない。これからじっくりと考えるよ。

アルフレッド　大まかな考えはもうあるのだろう？

チャールズ　一度しかない人生だ。振り返って戦死した友人のことなど思うと、株を売ったり買ったりし、財産を築いたり失ったりするより、もっと有意義に人生を使いたいと思うのだ。

アルフレッド　くだらんことを言うな。女性が自分なりの意味ある人生を送りたいとかいう話はよく聞くがね。わたし自身は、ばかばかしい話だと思うけど、まあそれはそれで結構さ。だがねえ、男が意味ある人生を送りたいなんて、そんな話は聞いたことがないよ。ありえないことだ。

チャールズ　たまには、女性の真似をすれば、女性に敬意を表することになるだろう。

アルフレッド　わたしだってときには仕事をやめたくなることがあるよ。ドロシーは世界で一番よい女だが、ときにはうるさくなる。女ってそうだろう？　月曜日の朝など、会社に出たくないんだ。でも、自分に言い聞かせるのさ、おい、アルフレッド、頑張って働くんだっ！　てな。

チャールズ　そうした結果、妻からの尊敬と仲間からの敬意という報いがあるのだ。

アルフレッド もしも世間の男が皆君のような振る舞いをしたら、どうなると思う? 進歩だの文明だの、そういうものがすべてストップするじゃないか?

チャールズ 世間並みの規範とされる生き方を自分もすべきだなんて愚かしいよ。大多数の人は昔からの決まった道を、生涯歩けばいい。それで満足なら結構さ。

アルフレッド 一瞬の衝動に駆られて、生き方をすっかり変え、家庭を破壊するなんて狂気の沙汰だ。この何時間か考えただけで決めたことだろう?

チャールズ 頭で考えたのは数時間だったけど、腹では十二年間考えてきた。

アルフレッド 後悔するぞ。ずっと後悔し続けるよ。

チャールズ 一か八か、やるしかない。後悔するかもと考えていたら、結婚だって誰もしなくなる。人生というのは、暗闇での跳躍ではないか。

アルフレッド 幸福にはなれないよ。

チャールズ なれぬこともないと思う。僕には楽しむ能力と冷静な気質があるし、欠乏に耐えることもできる。

(ドロシーが庭に面した窓にきて覗く)

ドロシー お邪魔してごめんなさい。マージェリーがどうなったか知りたがっているの。

チャールズ どうぞ入って。アルフレッドと話し合っていたけど、もう終わったから。

アルフレッド マージェリーから聞いたかな?

ドロシー　ええ。彼女も来ていいかしら？
チャールズ　わたしは数分で準備を済ませる。二階で着替え、荷造りをしてくる。
ドロシー　（びっくりして）もう出て行くの？
チャールズ　そう。一旦やると決めたら、さっさとやらぬのは時間の無駄ですからね。
アルフレッド　でも今日行くのはまずい。
チャールズ　どうして？　鞄を一つ持って行くだけだ。
アルフレッド　決めておくべきことが山ほどあるじゃないか！　何もかも滅茶苦茶じゃないか。
チャールズ　君に任せておけばよいことばかりさ。君は極めて有能な弁護士だもの。
アルフレッド　そんな風に逃げるのはおかしい。きっと騒ぎになるだろう。留まって、騒ぎに対処するのが人の道だよ。
チャールズ　（明るく）その点は同意できないな。裏口からこっそり出て行くのがずっと格好いいと思う。（急いで退場）

幕が下りる

第三場

幕が上がるとチャールズ、アルフレッド、ドロシーがいる。

アルフレッド でも今日行くのはまずい。
チャールズ どうして？ 鞄を一つ持って行くだけだ。
アルフレッド 決めておくべきことが山ほどあるじゃないか！ 何もかも滅茶苦茶じゃないか。
チャールズ 君に任せておけばよいことばかりさ。君は極めて有能な弁護士だもの。
アルフレッド そんな風に逃げるのはおかしい。きっと騒ぎになるだろう。留まって、騒ぎに対処するのが人の道だよ。
チャールズ （明るく）その点は同意できないな。裏口からこっそり出て行くのがずっと

格好いいと思う。（急いで退場）

ドロシー　ねえ、あなた、一体どういうことなの？　見当がつく？

アルフレッド　人間っていうものについて、多少は知っているつもりだ。この件には女がからんでいると睨んでいる。

ドロシー　（夫をちらっと見て）そう言ったの？

アルフレッド　ああ。でも否定したよ。

ドロシー　（一寸微笑して）もちろんそうでしょうね。

アルフレッド　マージェリーとの仲は最近どうだったのかな？

ドロシー　普通よ。前と変わらないわ。もちろん、マージェリーはあれこれあって忙しいし、チャーリーは一日中ロンドンのシティーでしょ。それに元来あの夫婦は情熱的なカップルではないしね。

アルフレッド　ごく普通の中年夫婦というところだな。相互にとくに不満はなかっただろうね。

ドロシー　そう思うわ。

アルフレッド　チャーリーは最近誰かと親しくしていただろうかね？

ドロシー　聞いてないわ。

アルフレッド　マージェリーに聞いてくれよ。夫が女といい仲になれば、妻はうすうす気づくものだ。
ドロシー 気づけば、聞いているわ。マージェリーとわたしは何でも話し合っているから。
アルフレッド 男が仕事も家庭も何もかも放り出す時は、何か理由があるはずだ。
ドロシー そうね。ただ面白いからってそんなことするわけないもの。
アルフレッド 弁護士を長くやっている経験からすると、普通の男の場合、理由は二つ、金か女かだ。
ドロシー そういうことにかけてはあなた以上に通じている人はいないわね。
アルフレッド 他に理由などあるものか！
ドロシー 何というか、精神的な動機とでもいうようなものがなかったかしらね？
アルフレッド その可能性は排除できない。頭がおかしくなったのかもしれないから。
ドロシー わたしが言うのは一寸違うの。理想のようなものがあって、そのために出て行くのじゃないかしら？
アルフレッド 何をばかなこと言っているのだ。本の読み過ぎだ。普通の勤め人は理想のために動いたりしない。
ドロシー でもチャーリーは戦争以来、普通じゃなかったわ。
アルフレッド 彼はすごくいい男だ。ばかな真似をさせたくない。

ドロシー　どうすればいい？
アルフレッド　何かできるとしたらマージェリーだな。彼女がもっと賢いといいのだが、残念だ。
ドロシー　自分を愛していない男相手では、女が賢くなるのは難しいわ。
アルフレッド　チャーリーは情にもろい男だし、何と言っても、マージェリーは女なのだ。なんとか丸め込むことができるだろう。
ドロシー　午後の五時というのは、情に訴えるのには良い時刻じゃないわね。
アルフレッド　わたしみたいに多くの離婚訴訟に関係していれば、そんなことは言わないだろうよ。いいかな、マージェリーによく話してくれ。コツを教えてやってくれ。男のわたしじゃあ、どうも具合がわるいから。いいね、彼女にここへ来るように言いに行くよ。
ドロシー　ええ、やってみるわ。
アルフレッド　うまくやれるよ、君なら。
（アルフレッド退場。ダイアナ登場）
ダイアナ　ドロシー、一人なの？
ドロシー　何か用？
ダイアナ　チャーリー叔父さんを探しているの。
ドロシー　なぜ？

ダイアナ　さよならを言いたかっただけ。
ドロシー　あら、あなたどこかに行くの？
ダイアナ　ううん、でも叔父さんが出て行くのでしょ？
ドロシー　忙しいのだからあっちへ行きなさい。用があれば、こちらから言いますからね。
（マージェリーが急いで入ってくる。その声を聞くと、ダイアナは出て行く）
マージェリー　アルフレッドが、あなたがわたしに用があるって。
ドロシー　あなたがチャーリーと会う前にわたしがあなたと話しておくのが良いって、彼が言うのよ。
マージェリー　チャーリーは今どこなの？
ドロシー　二階よ。荷造り中よ。
マージェリー　（仰天して）荷造り？　本当に出て行くの？
ドロシー　そのようよ。
マージェリー　今日？
ドロシー　今すぐよ。
マージェリー　（息をつまらせて）そうなの。本気だとは思わなかったのに。癇癪《かんしゃく》を起こして一騒ぎしたいだけだと思っていたのに。

ドロシー　そう悲しがることないわ。いずれ戻ってくるから。
マージェリー　戻るといってもどこに？　もう仕事はないし、わたしたち生活費もないのに。
ドロシー　最近、何か不審に思うことなかった？
マージェリー　仕事の面で？　家では仕事の話はしなかったわ。私が嫌うのを知っていたから。
ドロシー　仕事じゃなくて、家庭のことでよ。
マージェリー　いつもと同じよ。あまり気にしたこともないけど。とくに気にする必要もなかったわ。
ドロシー　そりゃそうよね。
マージェリー　彼、すごく身勝手だと思わない？　お金を失ったのなら、もっと働いてもっと稼ぐのが男の義務だもの。
ドロシー　誰か他に好きな人がいると思う？
マージェリー　あり得ないわ。もしそういうことがあれば、すぐに気がつくわ。セックスの面では、彼が欲するものはちゃんとわたしが与えたし。
ドロシー　彼、淡泊でしょ？
マージェリー　彼とわたしは友人同士なのね。だからお互いに干渉しなかった。理想的な結婚だったと思うけど。

ドロシー　男って奇妙ね。何を望んでいるのか、本当のところは分からない。自分でも分かっていないんじゃないかしら。

マージェリー　それどういう意味？

ドロシー　あのね、チャーリーはあなたとの生活では得られないものに憧れていたような気がしていたの、わたしは。

マージェリー　え、一体何を？　わたしは妻として申し分なかったのに。

ドロシー　もしかするとあなたは彼の人生に充分な美をもたらさなかったのかもしれないわ。

マージェリー　ドロシーったら！　よくもそんな意地悪なことが言えるわね。気がこんなに動転している時に、ひどいことを言うわね。わたしは音楽や美術など、あらゆる美しいもので彼を取りまいてやったのよ！　わたしにとって美がどれほど意味を持つか、誰もが知っているわ。絵画、書物だとか芸術品ね。チェコスロヴァキアの農民工芸品はどう？　展覧会を開いたのはわたしですからね。あれでこの地域の人は美に開眼したのよ。それからアルメニアの民族音楽ね。あれだって、わたしのお蔭で人は初めて知ったのよ。美に関してなら、わたしくらい熱心な人はいない。もう夢中ですもの。ここゴールダーズグリーンに美をもたらしたのはわたしだと言って憚《はばか》らないくらいよ。

ドロシー　（なだめるように）ごめんなさい、あなたの感情を傷つけるつもりはなかったの。

マージェリー　わたしは利口じゃないかもしれないけど、美についての知識にだけは自信を持っているわ。

ドロシー　いろいろ教えてもらったわね。

マージェリー　チャーリーのいけないのは、ユーモア感覚に乏しいことよ。でもそのことでは、わたしには何もできない。

ドロシー　アルフレッドが有り余るほど持っているユーモア感覚を分けてあげられないのは、残念だわ。

マージェリー　人生って、うまく行かないものね。

ドロシー　アルフレッドはね、手を打てるのはあなたしかいないって言うのよ。

マージェリー　わたし、とても不都合な立場に追い込まれたのよ。世間の人って意地悪でしょ。女が男の元を去れば、男がひどい男だったからだというけど、男が女から去れば、女が男を引きとめられなかったからだというのよ。屈辱的だわ。

ドロシー　チャーリーにどう話すつもりなの？

マージェリー　彼の良心に訴えてみる。あの人は理性的な人だから、子供たちが大人になるまで、今以上に父親の導きを必要としているのだから、置き去りにするなんてありえない、と言うつもりよ。

ドロシー あのねえ、男って理性的なんかじゃないわよ。女と違うもの。そのことはあなたも知っているでしょ？ 男を動かすためには、感情に訴えるしかないわね。男は弱気で感傷的だわ。その点で男より女が有利なのよ。わたしがあなたの立場だったら、うんと哀れっぽく振る舞うわ。すがりついて子供のように泣くわ。

マージェリー わたしって、泣きたいときに泣けたことがないのよ。知っているでしょ。それはできないのよ。お涙頂戴って嫌い。

ドロシー それを今言ってみても始まらないわ。男をその気にさせるのはそれしかないわよ。わたしの言う意味分かるわね。おだてるのよ。優しく愛情込めて接してやるの。わたしなら、逆立ちしたままでもできるのに。

マージェリー 今になって急にやるのって難しいみたいね。彼、笑い出すのじゃないかしら。

ドロシー そうね、お宅の場合はずっとやりにくいところがあるわね。ユーモア感覚のない男が相手だとやりにくいかもしれないわね。

マージェリー ねえ、どうかしら、あなたが先に会ってくれない？ あなたのほうがうまくやれるかもしれないから。

ドロシー あなたに代わって、優しくしたり愛情深くするわけにはいかないじゃない！

自分でやるしかないわよ。

マージェリー　でも、予め彼にわたしを受けいれる心の準備をさせてくれられるわ。つまり、わたしは控え目で感情を表すのが下手だけど、チャーリーをものすごく愛しているのだと、彼に伝えてくれられるでしょ？

ドロシー　そうね、それならやれそうね。

マージェリー　多分、あなたの言う通りかもしれない。わたしは彼を充分におだてていないわ。男がみえっぱりだって忘れちゃうのよ。

ドロシー　それ忘れると致命的よ。うん、いいわ。やってみましょう。じゃあ、チャーリーを呼びます。

マージェリー　頼りにしているわ。庭にいますからね。

（マージェリーはフランス窓を通って庭に、ドロシーはドアのほうに移動。ドアを一寸開き、姿を消す。ダイアナが部屋に入ってきて忍び足で移動するが、母の声を聞いて急いで立ち去る）

ドロシー　（室外で）チャーリー！　チャーリー！　降りていらして。お話があるのよ。（部屋に戻る。鏡と口紅を取り出し、口紅をつける。ドアが開き、チャールズ登場。ビジネススーツに着替えている）

チャールズ　はい、来ました。

ドロシー（真面目くさって、まるで遺体のことを話題にするかのように）今マージェリーと話していたところよ。

チャールズ　それで？

ドロシー　彼女、すごく不幸よ。

チャールズ（冷淡に）怒って機嫌が悪いだけで、不幸ではないでしょう。

ドロシー　マージェリーのこと、分かっていないのね。

チャールズ　十九年も結婚していたのに？　ばかなこと言わないでくださいよ。マージェリーのことは、人間が他の人間を知ることができる限りでは、この上なくよく分かっていますよ。

ドロシー　彼女は控え目でしょ？

チャールズ　いささか鈍感とも言えるかもね。

ドロシー　随分厳しいこと言うじゃない！

チャールズ　いやいや。妻としては悪くない性質さ。家庭が平和に保てるから。

ドロシー　マージェリーがどんなに深くあなたを愛しているのか、気づいていないのじゃないかしらね。

チャールズ　まさか彼女がわたしにぞっこん惚れているというのじゃないでしょう？

ドロシー　いいえ、そう言うつもりよ。本当よ。あなたを崇めているわ。

チャールズ　そんな嘘はやめて欲しい。マージェリーがわたしのことをこれっぱかりも愛していないのを、あなただって知っているでしょう！

ドロシー　そんなことないわ！　愛していますよ。チャーリー、あなた、取り返しのつかないことやっているのよ。

チャールズ　（一寸態度を変えて）真面目に考えて決めたことですよ。あなたにどう反対されても、説得されない。あなたにとって無駄な努力だし、わたしにも時間の浪費ですよ。

ドロシー　あなたを思いとどまらせるために、わたしにできる限りのことをしなくては気が済まないわ。

チャールズ　失礼な聞き方ですが、あなたにどう関係するのです？

ドロシー　（困りきったという様子で）あのね、あなたが出て行く理由を知っているのよ。

チャールズ　別に驚かない。だって、マージェリーとアルフレッドに詳しく理由を説明したのだから。

ドロシー　自由とか、株式仲買人の仕事に飽きたとかの理由？　あんなことをわたしが信じると思う？

チャールズ　でも真実ですよ。

ドロシー　（穏やかに）わたしの顔に目がついてないと思うの？

チャールズ　とても綺麗な目ですね。それをいつもよく利用していますね。でも、それが今の件とどう関係するのです？
ドロシー　（わざと恥ずかしそうに）理由はわたしでしょ？
チャールズ　（驚愕して）あなたが理由？
ドロシー　（自己満足気に）そうだと思ったのよ。
チャールズ　なぜ？
ドロシー　わたしを見るあなたの態度に気づかなかったと思う？　この間の夜、キスしたのを覚えているわね？
チャールズ　とくに覚えていないな。これまであなたと千回はキスしたから。
ドロシー　ううん、いつものキスとは違っていたでしょ？　儀礼的なキスのつもりだったかもしれないけど、違うの。わたしには分かる。
チャールズ　自分では気づかなかったけど。
ドロシー　そうでしょうね。本心が出てしまったのよ。
チャールズ　まさか……。
ドロシー　（全部を言わせずに）だめ、だめよ。黙っていて。わたしに言わせて。あなたの言いたいことは分かっています。アルフレッドは親友だし、マージェリーはわたしの従妹だし、それに子供もいる。あなたの子供もわたしの子供もいる。叶わぬ恋だ、というのでしょ？　あなたが自分の恋の悲惨さを思って苦しんでいるのを見て、わたしの心は痛みました。チャーリー、言わなくても全部分かるわ。全部分かるのよ。

チャールズ　ドロシー、あなたのお蔭で厄介な立場に置かれてしまったじゃないか！

ドロシー　（うまく演じられたので、一瞬、自分の言葉を本当だと信じて）わたしだって、厄介な立場に置かれたじゃありませんか！　わたしがずっとどういう気持でいたと思うの？　わたしは棒でも石でもないわ。ただ座って、あなたの悲しそうな、悲劇的な大きな目がわたしに注がれているのを見て、心が根底から揺さぶられなかったとでも思うの？　もちろん、マージェリーがあなたという人を理解できなかったのは知っているわ。ずっとお気の毒に思っていたわ。でも、チャーリー、だからって、わたしたち、どうしようもないでしょ？　一体、どうすればいいの？

チャールズ　声を低めることならできる。

ドロシー　何言ってるのよ。家には誰もいないのに。

チャールズ　でも、何だってそんなことを言うのかな？

ドロシー　分からない？

チャールズ　見当もつかない。

ドロシー　わたしのこと、よほどのバカだと思っているのね。でもわたし、分かっていますよ、あなたがわたしを愛しているのを！

チャールズ　何によって分かるのかな？

ドロシー　直感によってよ。こういうことでは女の直感って正確でしょ？

チャールズ　そうでしたね。

ドロシー　（真実だと自分に言い聞かせつつ）わたしの手に触ったとき、あなたの顔が欲望で青ざめるのを見たわ。告白しまいと舌を嚙むのを見たわ。もちろん、告白はできないのは分かっています。立派ね、本当に。あなたの立派さに気づいていないと思わないでね。今はもう最後の機会だからわたしも言ってしまうわ。あなたの本心を知っているのだと告白しないままで、あなたを去らせるのはできない。でも、わたしに、あなたを愛していると言え、というのは無理よ。それは無理だわ。

チャールズ　あなたがわたしを愛しているとは、一瞬だって思いませんよ。

ドロシー　どうかしら？　言わせないでね。わたしが告白したいと思う以上のことを無理に言わせないで！　ねえ、チャーリー、あなたが出て行くと聞き、わたしのせいだとすぐに分かった時、「どうしようかしら？」って自分に向かって叫んだわ。わたしのために大きな犠牲を払うなんて大変なことよ。

チャールズ　他の人が自分のために払った犠牲は、時がたてば忍耐できるものだと気づきますよ。

ドロシー　わたし、耐えねばならないわ。でもそれがどれほどつらいか、あなたには分からないわよ。わたしが勇気のある女ならすべてを投げ出してあなたについて行くところね。どうか、そうしろって言わないでね。そそのかさないでね。
チャールズ　そんなことしませんよ。
ドロシー　あなたって立派よ。自分ができないことをできる振りしても無駄ね。わたしには勇気がないの。愛してくれる夫がいるし、慕ってくれる子供もいるわ。ゴールダーズグリーンでの立場もあるし。自分が弱いのは心得ています。あなたが軽蔑するのは分かっています。でももしかすると、いつの日か憐憫《れんびん》の情があなたの心に生じるかもしれないわ。
チャールズ　あなたがアルフレッドととても幸福だと確信していますよ。
ドロシー　幸福ですって！　一体誰が幸福なの？　ああ、人生って淋しいものねえ。
チャールズ　物事を多少とも明るく見るのが正しいと思える瞬間も人生にはありますよ。
ドロシー　あなた、苦々しく思っているんでしょ？　失望させたわね。でも無理。一緒に駆け落ちするのは不可能よ。分かってよ。どうやって食べてゆくの？　週に五ポンドしかないって本当？
チャールズ　その通り。
ドロシー　じゃあ駄目ね。わたしのこと、打算的で冷たい女だと思うでしょうね。でも親切心から、わざと冷たくしているんですよ。週五ポンドでは愛の生活は無理よ。試してみるなんてとんでもない。ねえ、分かるでしょ？

チャールズ　よく分かります。

ドロシー　スイスの銀行に十万ポンド隠してあるのなら話は別だけど。

チャールズ　その通り。

ドロシー　わたしは皮肉を言うつもりはないのよ。でも女だから、お金の意味が分かるの。

チャールズ　女性の長所だといつも思っていましたよ。

ドロシー　悪く思わないでね。あなたに悪く思われたら、苦しみが増しますわ。

チャールズ　分かります。

ドロシー　自分が正しいと分かっています。いずれあなたも気づくでしょう。もしかすると、将来どこかで、そうパリででも再会するかもしれないわね。まあ、わたしのことなど忘れてしまっているかもしれないけど。

チャールズ　そんなことありえない。

ドロシー　その時わたしは、あなたに言うかもしれない。「わたしは充分に悩んだわ。でも我慢にも限界がある」って。もしかすると、「チャーリー、あなたもわたしも充分に待ったわ。もう老い先短いのだから、偶然のお蔭で不思議にも与えられた幸福を素直に受け入れましょう」とあなたに提案するかもしれないわ。

チャールズ　よかったら、失礼して荷造りを済ませてきます。

ドロシー　わたしを覚えておく記念のものをあげるわね。チャーリー、口にキスして。（チャールズはきまり悪そうに部屋を見渡す。ドアかフランス窓から人が入ってこないかと気にする。それからドロシーの口にキスする。彼女は彼の首に腕を回す。彼は腕を振りほどく）

ドロシー　これで体以上のものを差し上げたわ。心をあげたのだから。さようなら。永久にさようなら。（彼女は勇気ある行為をした主人公の態度で足早に庭に出て行く。チャールズはその背後を苦笑しながら眺めて一瞬立ち止まる。カラーが窮屈に感じられているように内側で指を首に沿って回す。それからまだ微笑を浮かべたまま、二階にあがろうとドアに向かう。ドアの取っ手を回そうとした時ドアが開く。ダイアナが現れて、彼の足を踏みそうになる）

チャールズ　そこで何をしていた？

ダイアナ　ドロシーがいなくなるまで待っていたのよ。お話があるの。

チャールズ　さっさと話して。

ダイアナ　ドロシーは叔父さんを誘惑していたの？

チャールズ　そんなことする歳じゃないよ。

ダイアナ　ドロシーは、叔父さんがマージェリー叔母さんを捨てるのは、自分のせいだと思っているのよ。

チャールズ　君、立ち聞きしたのだね？　はしたないな。
ダイアナ　怒らないで。立ち聞きしなくても、ドロシーの考えていることは分かるわ。
チャールズ　親子間のテレパシーか。絆の固い家族の不都合な点だな。
ダイアナ　ドロシーはね、出会う男が皆自分に恋していると思い込むような年齢に達したのよ。そうなると迷惑もいいところよ。だって、時間を守らなくなるから。
チャールズ　へえ、どうしてまた？
ダイアナ　お化粧が長引くのよ。鏡を見て、「今日の顔はひどいな」って思って、何回もお化粧し直すの。結局、駄目だ、うまくいかないと諦めるんだけど、それまで随分と人を待たせることになるの。
チャールズ　まだ荷造りが残っているんだよ。話があるって、何？
ダイアナ　雑談は嫌いなの？
チャールズ　さっきのは雑談だったの？　ドロシーについてけっこう辛辣《しんらつ》なことを言っていたと思うけど。
ダイアナ　ドロシーのことは好きよ。気の毒に思うわ。どこかの男性と親しくなれたと納得した場合は、運命にばかに感謝するの。それって哀れだわ。
チャールズ　気の毒がるとは親切だね。さて急がなくては。さようなら。愉しいお喋りができた。

ダイアナ　あら、まだ話してないのに！　この一時間、二人になれる機会をずっと狙っていたの。
チャールズ　今晩出て行くのだよ。
ダイアナ　ええ。あたしに一緒に行って欲しい？
チャールズ　何の目的で？
ダイアナ　連れが欲しいでしょ？
チャールズ　親切だな。でもわたしは自分で何でもやれるのだよ。
ダイアナ　一人だと淋しくない？
チャールズ　十九年間結婚していたから淋しさには慣れている。
ダイアナ　若い女は妻とは違うわよ。
チャールズ　その通り。妻より厄介だ。
ダイアナ　あたしは自分のことは自分でやれる。面倒はかけないわ。
チャールズ　一体全体、何でそんなことを思いついたのだね？
ダイアナ　家はすごく退屈なの。あたしももう十八になり、時はどんどん過ぎ去ってゆく。でもあたしは変わらずなのね。広い世間に出て何かしたいの。
チャールズ　結構だが、そのようなアバンチュールのための相棒として、四十代前半の既婚男性じゃあ似つかわしくないな。

ダイアナ　どうして？
チャールズ　いいかね。わたしはもういい年ではあるが、出会った人に、君とわたしの関係が父子だというのは信じて貰えないのだよ。
ダイアナ　あたしはばかじゃあないわ。もちろん、愛人として同行するつもり。
チャールズ　そうかね。そういうつもりとは気づかなかった。
ダイアナ　勘が悪いわね。
チャールズ　本当のところ、愛人は要らないのだ。
ダイアナ　どうして？　そんな年寄りじゃないのに。
チャールズ　女性関係を持つとすれば、その時だけの関係のほうがいいのだ。
ダイアナ　あたしに飽きたら、ポイ捨てしていいのよ。
チャールズ　女性とは、まつわりついたら離れないものだ。
ダイアナ　あたし、魅力的だと思わないの？
チャールズ　とても魅力的だ。
ダイアナ　それにバージンよ。
チャールズ　そうだろうと思っていた。
ダイアナ　（少し心を傷つけられて）どうしてバージンだか分かんない。偶然そうなのよ。同い年の女の子は皆違うわ。

チャールズ　未婚の若い女性の場合、結構なことさ。
ダイアナ　中年ぽい考えね。
チャールズ　だってわたしは中年だもの。
ダイアナ　ティムもね。
チャールズ　え？　彼も中年だって？
ダイアナ　いいえ、バージンだっていうことよ。男の子の場合、可愛いわね。
チャールズ　わたしには別に面白くないがね。
ダイアナ　聖書のポテパルの妻のような年上の女に誘惑されるのを待っているんですって。バージンだと、その時相手が驚いて喜ぶそうよ。
チャールズ　その逆かもしれない。初心というのは理屈では魅力的だが、実際には経験してるほうが上だな。
ダイアナ　まさかあたしをふるんじゃないでしょう？
チャールズ　いや、無論そうする。
ダイアナ　あたしが男女関係に無知だと思って、遠慮する必要はないわよ。よく分かった上での提案なのよ。
チャールズ　いや、君のことを考えていたのではない。自分自身のことだけ考えていた。ようやく妻から逃れたのに、若い女に捕まるのは愚か者だけさ。

ダイアナ　あたしと一緒なら楽しいわよ。
チャールズ　どうかな？　まずわたしは一文無しだよ。週に五ポンドでは愛の生活はありえない。
ダイアナ　あれ、ドロシーみたいなこと言うのね。ドロシーに駆け落ちしようと誘っていたの？
チャールズ　絶対に違う。
ダイアナ　神に誓って？
チャールズ　誓うよ。
ダイアナ　分かったわ。実は、あたしもお金のことを考えていたのよ。女に食べさせてもらうことについて、愚かな偏見を持っていないでしょうね？
チャールズ　女は仕事の能力に恵まれ、生まれつき勤勉だから、朝から晩までよく働き、そのお蔭で、男は絵画、文学、スポーツなどに専念するように、未来にいずれなるのじゃないかな。
ダイアナ　黙ってあたしの計画を聞いてよ。あたしはダンスがうまいって誰でも言うのよ。あたしのダンスの腕前を劇場で披露するようにするのは容易だと思うの。そうすれば、フランスやイタリアのカジノで上演する契約も取れるわ。
チャールズ　それでうんと稼げるかな、怪しいな。わたしは女に食わせてもらうのなら、豪勢にして欲しいと前から言っているのだ。

ダイアナ　終わりまで聞いてよ。だからこそカジノで踊ると言ったのよ。カジノにはお金持ちが大勢くるでしょ。そういう一人があたしに気があると分かったら、その気にさせるの。そして際どいときに叔父さんが現れて、「わたしの娘をどうしようというのだ？」って言うわけよ。分かるでしょ？

チャールズ　ああ、映画などでは成功するね。でも現実には刑務所行きだ。ダイナー、わたしにはそんな勇気はない。

ダイアナ　けっきょく、何が何でもあたしをモノにしたいと思っていないのね。

チャールズ　率直に言えば、そういうことだな。（ダイアナは深く溜息をつく）さあさあ、溜息などつかないで！

ダイアナ　ものすごく失望したわ。

チャールズ　一ヵ月もすれば、わたしに飽き飽きしただろうよ。そうなったらどうする？

ダイアナ　あなたと別れることはいつだってできるわ。叔父さんだけが男じゃないのだから。関係がいつまでも続くとは思わなかったけど、続いている間は楽しかったかもしれないのに。

チャールズ　わたしが君だったら、適当な青年が現れるのを待って結婚するよ。いい人が現れれば、それと気づくものさ。

ダイアナ　あなたがどうして躊躇するのか理解できない。すごく面白かっただろうに。
チャールズ　君との駆け落ちが？　わたしの考える面白いこととは違うよ。
ダイアナ　良心の咎めのせいじゃあ、ないんでしょうね？
チャールズ　親友の娘と駆け落ち、しかも娘は学校を終えたばかり、なんてみっともなくないかね？
ダイアナ　誰だって誰かの娘だし、それにお婆さんより若い娘と駆け落ちするほうがいいでしょ？
チャールズ　ああ、そのほうが好ましいだろうね。
ダイアナ　あたしと同棲するのは世間体がまずいとかそういう理由のせいなら、ばかばかしいわ。古臭いし、ものすごく中産階級的だもの。
チャールズ　ほう、そう思うかい。
ダイアナ　もちろんよ。もしそういうことなら許さない。
チャールズ　済まないね。
ダイアナ　でもあたしが性的に魅力がないというのなら、構わないわ。もちろん、あたしには不愉快だけど、仕方ないことだから我慢するわ。ねえ、あなたにとって、あたし魅力ないの？
チャールズ　あのねえ、それは男にとってたとえ中年男でも、十八の娘に言うのは具合の悪いことだよ。

ダイアナ　黙って。まさかそうだとは思いもしなかったわ……。（すすり泣きを抑える）

チャールズ　驚いたな！　どうした、何だって泣くことがあるんだ？

ダイアナ　あたし、あなたを愛しているのだもの。

チャールズ　（すっかり驚いて）わたしを？　いままで何も言わなかったじゃないか。

ダイアナ　感情に訴えるのはいやだったから。ビジネスの提案にしたかったのよ。でも本当はすごく愛しているの。

チャールズ　（怒って）バカなことを言うものではない！

ダイアナ　バカなことじゃないわ。ものすごく愛しているのだもの。

チャールズ　そんなのは止めることだ。そんな愚かしい話、聞いたこともない。

ダイアナ　だって、止められないのだもの。

チャールズ　止められるよ。君は愚かでヒステリックで、すぐ泣き出す生徒にすぎない。必要なのは、尻を思い切り叩いてやることだ。実際、わたしがこんなに急いでさえいなければ、叩いてやってもいいところだよ。

ダイアナ　（泣きながら微笑して）あなたって可愛いわね。

チャールズ　まったく驚いたな。（態度を変え、笑いながら）ダイアナ、ばかな真似はやめ給え。わたしのようなおかしな年寄りに恋するなんて！　そんな自分を恥ずべきだよ。

ダイアナ 恥じてなんかいないわ。気持が抑えられないのだから。あなたに首ったけなの。叔父さんはすごく魅力的だわ。
チャールズ どうして？
ダイアナ そうね、ユーモア感覚がないからかも。
チャールズ わたしにユーモア感覚がないので恋におちたというのじゃないだろう？
ダイアナ でもそうなの。自分でもユーモア感覚がないって知っていた？
チャールズ 正直言って、知らなかった。
ダイアナ 自分では分からないものなのね。奇妙ね。だって、あたしの家族は全員がユーモア感覚過剰で、時にはうんざりしているくらいよ。叔父さんがその感覚を持たないので好きなのよ。ねえ、分かるでしょう？
チャールズ ああ、分かるよ。でもね、それが自分の勘違いだったと分かったら、とても困惑したろうな。
ダイアナ どういう意味？
チャールズ つまり、わたしがジョークを言ったら、わたしたちの幸福は台無しになってしまうからさ。
ダイアナ (優しく) あなたのジョークを聞いても、もしかするとあたしは気づかないのじゃないかしら。ユーモア感覚のない人がいうジョークはよく見落とされるもの。

チャールズ　とにかく危ないことは避けるのが賢明だな。
ダイアナ　キスしてくれてもいいのじゃない？
チャールズ　もちろんさ。キスが済んだら、荷造りをしなくてはならない。
（彼はダイアナに近寄り、腕を回そうとする。そのとき、彼女は彼の唇をじろじろ見て、人差し指でこすり、その指の臭いを嗅ぐ）
ダイアナ　ドロシーは何でこんな嫌な臭いの口紅を使うのかしら？　口を拭いて。
（彼女は彼のポケットからハンカチを取り出して、彼の唇を拭く。腕を彼の首に回して、唇を差し出すが、彼は両手で彼女の頭を支えて、両頰に代わる代わる元気よくキスする。彼が手を放すと、彼女はちょっと溜息をつく）
ダイアナ　あなたの櫛を貸して。
チャールズ　櫛？　持ってないな。
ダイアナ　外出していて髪をとかしたいとき、どうするの？　あたしの知り合いの男の子は皆持っているわ。いろいろ教えてあげられることがあったのにね。
チャールズ　（腕時計をちらっと見て）パットとジュディーはどこかな？
ダイアナ　ジュディーは庭よ。パットのことは知らない。
（チャールズはフランス窓に近寄り、呼ぶ）
チャールズ　ジュディー！（ダイアナに）マージェリーにここに来るように言ってくれる

と有難い。

ダイアナ いいわよ。あなたが怒っても構わない。あなた、すごく魅力的だわ。

チャールズ 勝手にしなさい。

（ダイアナ退場し、ジュディー登場）

ジュディー パパ、呼んだ？

チャールズ ああ。これからママと一寸話し合うのだ。君は二階に行ってジョンストンがわたしの荷物をちゃんと荷造りしているか見てきて欲しい。必要なものは全部ベッドの上に出しておいたから。

ジュディー 分かった。

チャールズ 荷物の用意ができたら、車に積んでおくようにジョンストンに言ってくれ。

ジュディー 駅まであたしが運転する？

チャールズ いや、運転手に任せよう。パットはどこ？

ジュディー 自分の部屋に閉じこもっている。バタークッキーを食べているわ。すねているの。

チャールズ バタークッキーを食べてすねるのなら、どうして食べるのかね？

ジュディー 彼がすねているのは、バタークッキーを食べるからでなく、パパが彼が退屈だと言ったからよ。

チャールズ　退屈だと言ったのは、べつに君たちを非難するためではない。ただ事実を述べただけだ。

ジュディー　パットが言われて喜ぶわけないでしょ？　あたしも嫌だったわ。言われてからあたしつくづく考えてみたのだけど、パパについて、皆が驚くような疑いを抱くようになったのよ。

チャールズ　ほう！　どういうことかな？

ジュディー　もしかするとパパは、あたしたちは気づいていないけど、ユーモア感覚を持っているんじゃないかという疑いなの。

チャールズ　ああそうかね。どうしてそう思うのかな？

ジュディー　よく分からないわ。そう疑うと、あたし不安になるの。もしパパがずっと前からあたしたちのことを腹の中で笑っていたのだとすれば、滑稽だもの。でもね、不思議なんだけど、それに気づいた今のほうが、以前よりパパが好きになったわ。

チャールズ　なぜ？

ジュディー　あたしたちを酷い目に遭わせている今のほうがこれまでよりずっと人間的に思えるからじゃないかしら。

チャールズ　なるほど。

ジュディー　驚いた？　ねえ、パパはあたしがどんな人間か知らないでしょう。父が自分の娘を知るのは無理だわね。
チャールズ 人間は、相互に知り合うことなどあるのだろうか?
ジュディー 恋している時は、相互に知っていると思うのじゃないかな。
チャールズ でもそれは大きな誤りだね。
ジュディー ママと結婚した時、ママに恋していた?
チャールズ ああ、夢中だった。
ジュディー 恋は永久に続かないものなのね。
チャールズ そうだね。それが人生で唯一の本当の悲劇だ。死はどうか? 死は予想がつく。でも恋している時は、恋が消えるなどとは予想しない。恋の消滅を経験すると、人生がひどいペテンに思える。
ジュディー 恋はどうして続かないのかしら?
チャールズ 慣れが恋を消すのだ。
ジュディー ダイアナとあたしは結婚するより情事をするほうがいいのかしらとよく議論するのよ。
チャールズ 情事も期待できない。結婚と同じく退屈で、しかも結婚より面倒くさいからね。
ジュディー パパが出て行くの残念だわ。聞きたいことが山ほどあったのに。

チャールズ　どうしてもっと前に聞かなかった？

ジュディー　娘は父親とは会話できないものよ。今パパを人間として扱えるのは、もう自分の親だと見ないからよ。親と子が相互にうんざりさせるのは当然だわ。親は自分に関心があることは子に話さないし、子は自分に大事なことは親には話さないのだもの。

チャールズ　今後再会したら、不運な関係を忘れるようにしなければならない。君は偶然出会った魅力的な若い女で、こちらは昔君の母を知っていた貧乏な年配の紳士ということにすればよい。

ジュディー　お互いに話すことがたっぷりあるでしょうね。

チャールズ　わたしとしては、偶然できた関係を再会時には喜んで復活させたいと願っているよ。君と知りあえて嬉しかった。

ジュディー　どうして出てゆくの？　魂の救済のため？

チャールズ　そう言ってしまうと、ばかに大袈裟でもったいぶって聞こえるな。

ジュディー　そんなこと構わないわ。一度だけでいいし、外に漏れるわけでもないのだから、出て行く本当の理由を話してよ。

チャールズ　うん。おそらく君の今の言い方で当たっているだろう。わたしに残された歳月は多くないから無駄に過ごしたくない。ねえ、書くべき手紙が多くあるのに郵便に間に合わせる時間が十分しかないという経験をしたこと、あるかね？　そういう場合人はいつまでも残るような大事な手紙は書かないものだ。今必要な手紙だけ書くだろう？　デートの日時とか、招待への回答とか些細な手紙だ。それしか時間がないのだから他はどうにでもなれ、というわけさ。それと同じで、わたしは今やりたいことだけするのだ。

ジュディー　パパはその機会を得たのだから、当然、機会を利用すべきよ。あたしは責めないわ。パパの立場だったら、あたしも同じようにするでしょうね。

チャールズ　君は親切だな。

ジュディー　パパはあたしにも機会を与えてくれたのよ。あたしは金持ちの両親のお嬢さんになるのは嫌だった。社交界デビュー、パーティー、結婚、またパーティーなんていう生活は嫌。あたし舞台女優になるわ。

チャールズ　そのための勉強をやる心構えはあるのかい？　舞台でセリフを一寸喋り、サヴォイで豪華な食事をなんていうわけにはいかないのだよ。必死に頑張らなくちゃならん。

ジュディー　頑張るわ。

チャールズ　俳優は自然体で演じるのがいいのだ。

ジュディー　それなら得意だわ。

チャールズ　いや、自然体というのが一番難しい。無限の努力の結果なのだ。芸の頂点だ。それから世間というものにも気をつけなさい。世間は俳優というものを変わり者と見ていて、人気がなくなれば途端に見捨てる。世間はこわい。才能ある俳優が多く破滅したのは、飲酒でなく世間のせいだ。世間なんて劇作者の素材にすぎないのだがね。もし人気が出ても、少なくとも気持の面では世間から距離を置くのが良い。以上が、永久の別離に際して、俳優志望の娘の貝殻のような耳にささやく父の最後の真面目な助言だ。

ジュディー　どうして永久の別れなの？　あたしが有名女優になり、たくさん収入があってパパが落ちぶれていたら、豪華マンションに住まわせてあげるわよ。

チャールズ　それは有難う。ママが来たぞ。さあ、出て行って。わたしの荷造りが終わったら教えてくれ。

ジュディー　分かった。じゃあ元気でね。大いに楽しんで。

チャールズ　君も達者でね。（彼女がドアをすり抜けて出て行くと、マージェリーが庭から登場。チャールズは近寄って妻の手を取る）マージェリー、ここへきて座ったら？

マージェリー　今日中に出発って本当？

チャールズ　本当だよ。

マージェリー　とても悲しいわ。

チャールズ　あのねえ、生涯で初めて真面目な話し合いをすることになる。今回くらい、本当でないことは言わないことにしようじゃないか。

マージェリー　でも、愛しているのは本当よ。

チャールズ いや、本当ではない。人が恋心と呼ぶ魂の憧れを仮に君がわたしに抱いているとしたら、君と別れる勇気はわたしにはないと思うよ。
マージェリー 生まれてからあなた以外の男性を愛したことは一度もないわ。
チャールズ それはそうかもしれないが、話がずれるね。
マージェリー 恋心って、どういう意味なのかしら？ 分かんないわ。
チャールズ 分かっているはずだ。昔、僕が君を恋したように、君も僕に恋心を抱いていた。忘れようがない。
マージェリー 十九歳のときと同じでいろっていうのは無理よ。いつまでも恋に憧れていた乙女でいるとしたら、愚かしいわ。
チャールズ 愚かしいし、うんざりだ。
マージェリー 男女関係は恋がすべてじゃないわ。仲間意識、相互の信頼とかも大事よ。わたしはいつだってあなたに深い愛情を抱いてきたわ。あなたとわたしは幸福な家庭的な夫婦を絵に描いたようだと思うことがよくあったわ。考えてみると、この十年間口論さえしたことないじゃない！
チャールズ それで不安にならなかったかな？ 反対する機会がまったくないというのは、夫婦が互いにとても無関心だからじゃないかと？
マージェリー よくもそんな恩知らずなことが言えたものねえ。仲良くしてこられたのは、すべてわたしの才覚のお蔭だと気づかない？　結構骨が折れたのよ。とくに、戦争から戻ってきたとき、あなたは人が変わったみたいだったから。
チャールズ　戦争で君も僕も非常に変わったね。あるいは、全然変わっていなかったのかもしれないが、戦争で五年間離れ離れになっていて、生まれて初めて真実の姿で向き合ったということかもしれない。
マージェリー　それ、どういう意味だか分からないけど、戦争中にわたしはとても成長したのよ。自分にできる貢献をしたいと思った。周囲の人は良くやったと言っていたわ。わたしが以前より成長したって、多くの人が思ったのよ。
チャールズ　前とは見違えるほどだったな。僕が復員したときは互いに他人になっていた。初めからお互いを知らねばならなかった。本当の姿を知ったとき、お互いにあまり気に入らなかったね。
マージェリー　わたしあなたに失望した。それは認めるわ。幸いわたしには想像力がある。あなたがバターを塗ったパンを床に落として、それを拾い上げ、何事もなかったかのように食べたのを見て、吐き気をもよおしたのを覚えているわ。でも、「戦争のせい」と想像して、大目に見たのよ。
チャールズ　愛し合っていない二人の男女が一緒に暮らすのは難しいものだな。些細なことが神経にさわったりする。

マージェリー　些細じゃない。あなたに起きた変化をよく表す一例よ。あなたは美しい理想主義をすっかり失っていた。そう、愛国心さえ失ったわ。飲みすぎるようになり、下品な言葉を使うようになった。
チャールズ　あの頃、僕は情緒不安定だったんだろうな。君はよく辛抱してくれたね。
マージェリー　辛抱しなくてはと自分に言い聞かせたのよ。終戦になった時、あなたには戦争は終わったけど、わたしは戦争中と変わらず責務を果たし続けねばならなかった。イギリスには同じ立場の女性が大勢いたわ。わたしは、あなたにとって操正しいよい妻だったでしょ？　あなたに親切に扱われても当然だと思いますよ。
チャールズ　もしかすると君も僕も善良で操正しすぎたのかもしれないな。タスマニア人は姦通を犯さなかったわけだが、今では消滅してしまった。知っているだろう？
マージェリー　いいえ、知りません。それにタスマニア人なんかに興味ないわ。こんな気が動転しているときに、タスマニア人のことなど持ち出して。
チャールズ　君に迷惑かけて済まないと思っていないと、考えてもらっては困るよ。
マージェリー　迷惑ですって？
チャールズ　ああそうだ。僕が立ち去るというので君の虚栄心は傷ついただろうが、胸が痛んだとは信じないよ。
マージェリー　わたしがいくら愛していると言っても、言葉を信じないのでは無駄ね。

チャールズ　君が真実を話せば信じるよ。
マージェリー　こんなにショックを受けている時にどうして真実を語ることなどできるでしょう？　それに何が真実なのか分からないでいるのよ。今回のことはすべて大きなショックでした。あなたが必ずしも今の生活に満足しているのでない、などと考えたことは一度もなかった。理想的な夫婦だと思っていたから。何が不満だったのかは、今も分からないわ。
チャールズ　ヴィクトリア女王の言葉を借用すれば、「面白くなかった」のだ。
マージェリー　結婚が面白いなんて期待してはいけないわ。もし面白ければ法律が守るはずはないし、教会も是認しないでしょうよ。女は結婚を面白いと思っているとでも考えているの？　一千年にわたって、女は結婚にうんざりしているのよ！　わたしの知っている女の半分は夫にうんざりしていて、夫の顔を見ただけで、悲鳴をあげたい気分なのよ。
チャールズ　どうして別れない？
マージェリー　誰も別れないから。結婚ってそんなものだから。慣れっこになっているから。今も昔も今後も、結婚は女にとって唯一のまっとうな生活の手段だから。加えて、子供のせいもあるわ。あなたは、自分が楽しみたいという理由で、罪のない子供を貧乏人におとしめるなんて、ひどい人だわ。
チャールズ　一万五千ポンド渡すじゃないか。

マージェリー　あなたの正当なお金じゃないじゃないの！
チャールズ　道義上はもちろん債権者のものさ。でも債権者は法律上は権利を主張できない金だ。
マージェリー　汚れたお金がどうして永続的な利益を人にもたらすかしら？
チャールズ　君が不安だというのなら、どうぞご自由に。債権者に譲っても少しも構わない。しかし、僕は自分のための五千ポンドを手渡したりはしない。
マージェリー　債権者が法に訴える可能性はないの？
チャールズ　ありえない。
マージェリー　もしわたしが自分のことだけ考えていればよいのなら、一瞬の躊躇もなく債権者に渡します。でも子供の権利を優先するわ。子供のためにとっておきます。
チャールズ　それが賢いと思う。
マージェリー　でも年収七百五十ポンド、そこから税金を引いた額でどうして暮らせるのか、わたしには考えも及ばないわね。
チャールズ　それだけあれば結構幸福に暮らせると思うよ。
マージェリー　夫に逃げ出された女の立場はどう思うの？
チャールズ　僕がノイローゼになって外国に行かねばならなかったと言えばいい。
マージェリー　世間ってどんなものか知ってるわね？　最悪のことを想像するのよ。あなたに逮捕状がでたとか、あなたがコーラスガール風情と駆け落ちしたとか。無理もないわ。そう思うのが自然よ。そういう噂が本当ならと願うくらいよ。少なくともそれが普通ですもの。それならわたしも理解できるし。

チャールズ　君たちのために僕がいつまでもあくせく働くべきだと本気で思うのかい？　それも生活必需品だけでなく、なくても済む贅沢品を買うためにだよ。

マージェリー　それくらい望んだって当然だわ。

チャールズ　生き甲斐については？　どこに生き甲斐があるのだ？

マージェリー　どういう意味？　稼いでくるのが生き甲斐よ。普通の男は、家族に望むものを提供して喜びをえているわ。それが普通の生き方よ。

チャールズ　そんな生き方に価値があるだろうか？

マージェリー　もちろんあるわ。さもなければ、みんながそうしているわけないでしょ？　何と言っても、労働はつらくないし、いつも変わらず喜びを与えてくれます。慈悲深い神のご配慮で一家の主人になったのだから、家長としての当然の義務を果たすことには美があります。何と言っても、一番重要なのは美よ。毎日毎日の平凡な仕事の美があるのよ。

チャールズ　株の売買に美があるかねえ。

マージェリー　ええ、あるわよ。物事を精神的な面からとらえる必要があるのよ。わたしはそういうことにとても熱心だったわ。その点、あなたがわたしのそういう面を理解できなかったのにとても失望してきたのよ。チェコスロヴァキアの農民工芸とかアルメニアの民族音楽とかのことね。ついさっきもドロシーは、わたしがここゴールダーズグリーンに美をもたらしたも同然だと言っていたわ。

チャールズ 君は実に立派な女性だね、マージェリー！

マージェリー そうでもないけど、愚かではないわ。それに誰からも気取り屋だと言われたことはないわ。おそらく、こういうことをあなたより深く考えてきたのでしょうね。わたし、理想主義者なのね。自己中心であるのは醜いわ。他人のために生きることで初めて人生から永遠の満足を得られるものよ。つまり、自分のことは忘れてパットとわたしとジュディーのために生きることによって、初めて真実の幸福を得られるの。あなたはわたしの言葉を聞こうとしないでしょうね。聞く耳を持たぬ人に真理を説いても無駄ね。でもいつの日かわたしの言った通りだったと気づくわよ。自己犠牲においてのみ、人は自己実現できるものよ。持てるすべてを身近の愛する者に与えることによって、人は人生の謎を解き、粗末な自己の生を美しいものに変容できるの。

チャールズ いやあどうも、君には驚くしかないな。

（ジュディー登場）

ジュディー パパ！

マージェリー 席を外して！　パパと大事なお話しているのよ。

ジュディー　荷造りできたから、ジョンストンが車に運んだって伝えにきただけよ。
チャールズ　そう、ありがとう。じゃあ、後はさよならを言うだけだね。
マージェリー　でも今すぐ出発するわけじゃないでしょ？
チャールズ　いや、もう出る。
マージェリー　そんなこと許さないわ。わたしは言いたかったことの半分も言っていませんから。やっと話し始めたところじゃないの！　しっかり話し合わねばいけないわ。
チャールズ　恋、美、仕事、金銭など議論したじゃないか。他に話すことなどもうないだろう？
マージェリー　不当なやり方だわ。だってあまりにも突然なのですもの。状況に慣れる時間があれば、もしかすれば納得したかもしれないけど……。
チャールズ　わたしのことを、たまたま同じ船に乗り合わせて、航海中よく出会った乗客仲間ぐらいにみて欲しいな。船は港に着いたから、それぞれの道を行くというわけさ。
マージェリー　そんな言い方しないで！　船ってひどく悲しいから。涙がでそうよ。
ジュディー　ママ、うんと泣くのがいいわよ。気分がさっぱりするわ。
マージェリー　うまい言葉を思いつけば、あなたを思い留まらせることができると思うのだけど……。その用意ができなかったわ。
チャールズ　君がうまい言葉を思いつけなかったのは、心の奥で僕に留まって欲しくないからだよ。君が心の中で新しいアバンチュールを思ってわくわくしているからこそ、僕は何の罪の意識もなく出て行けるのさ。

マージェリー　覆水盆に返らず、というわけね。

チャールズ　ではさようなら。(マージェリーの頰にキスする。彼女はこれまで何年もしてきたように、気がなさそうに彼に頰を向ける)

マージェリー　こんな風にあなたが去るなんて奇妙ね。どう受け止めてよいのか分からないわ。

ジュディー　ジョンストンはパパが燕尾服は要らないと言ったって言ったけど、あたしは入れておくように頼んだわ。

チャールズ　え、どうして？　もう要らないんだよ。

ジュディー　いつ要るようになるか分からないじゃない！　ボーイになることもあるかも？

チャールズ　頭のいい娘だな。思いつかなかったよ。

マージェリー　チャーリーったら！　ボーイだなんて！

チャールズ　別にいいじゃないか。金に困ったらどんな職にでもつくよ。バーテン、石工、ペンキ塗り、船のボーイなど。

マージェリー　何ていうことを！　どんな仕事仲間と付き合うことになるか、考えてもごらんなさい！
チャールズ　とりわけ、セールスマンには関心があるんだ。
マージェリー　体面にかかわるわ。何を売り歩くの？
チャールズ　ロマンスだ。
マージェリー　現実離れだこと！
ジュディー　でも面白いわ。
チャールズ　ではさよなら。（ジュディーにキスして急いで退場）
ジュディー　さよなら。幸いあれ！
マージェリー　ジュディー、ママはとても気分が悪くなったわ。

幕が下りる

モームが自分の魂の満足のために書いた問題劇二つ

解説

行方昭夫

本書はサマセット・モームの劇二作『報いられたもの』(For Services Rendered) と『働き手』(The Breadwinner) の全訳です。モームの日本における受容につきましては、この文庫の『聖火』の解説で詳しく述べましたので、そちらを参照して頂ければ有難いです。

劇作家としてのモームは、一七世紀イギリスの王政復古期から続く風俗喜劇の伝統に立つとされています。上流階級の男女関係を軽妙な会話や辛辣な警句で揶揄する喜劇です。代表作は『おえら方』(一九一五) と『ひとめぐり』(一九一九) で、ウエストエンドの大劇場でロングランを誇りました。

風俗喜劇だけでは物足りず、情念の悲劇を迫真的に描いた作、信仰喪失を主題とする作なども試みましたが、モームは次第に劇作に熱意を失っていきました。劇の上演には劇場主、演出家、俳優との協力関係が要り、それが意欲を削いだのでしょう。劇壇から退き小説一本で進もうと決心した一九二〇年代末に、書き残した劇の構想が頭にこびりついているのに気付きました。今こそ観客や劇場主の好みに捉われず、いわば自分の魂を満足させるために執筆しようと覚悟を決めました。これが『聖火』以下四点の問題劇です。

事実、『聖火』（一九二八）、『働き手』（一九三〇）、『報いられたもの』（一九三二）、『シェピー』（一九三三）は、風俗喜劇とは無関係であり、むしろイプセンやショーの思想劇、問題劇に近いものです。上演されると、最初の二作『聖火』と『働き手』はかなり成功して作者を驚かせたのですが、最後の二作『報いられたもの』と『シェピー』は、成功とはいえなかったのです。モームの言う「成功」は興行成績つまり初演での観客数のことです。初演から約九〇年になる現在から振り返ってみれば、『聖火』も『報いられたもの』も英米各地で繰り返し復活上演されてきました。合わせた観客数は無数です。歴史の審判に合格した作品だと判断できます。

以下、『報いられたもの』と『働き手』について述べます。昔のアナログレコードでは、二つの曲を表面と裏面で出す慣習がありました。A面、B面と呼び、主従の関係でした。本書では、刊行・初演の順とは逆に、作品の重要度から『報いられたもの』をA面、

『働き手』をB面として入れました。

『報いられたもの』について

『報いられたもの』は、モームの三〇点以上に及ぶ劇作の最後から二番目、問題劇四作の中で三番目の劇です。一九三二年に執筆され、同年一一月にロンドンのグローブ座で初めて上演されました。

第一次世界大戦がケント州の片田舎の弁護士として成功しているアーズレイの一家に及ぼした影響を多面的に描いています。一家の長男シドニーは従軍して戦功十字勲章を授かる活躍をしましたが、負傷し盲目となって帰国しました。アーズレイ夫妻にはシドニーの他に長女イーヴァ、次女エセル、三女ロイスがいます。この劇が日本で二〇〇〇年に劇団俳優座によって上演された時は『アーズリー家の三姉妹』という題名が使われていました。私はこのことを最近知ったのですが、ずっと以前から、日本で上演するならこの題名がよいと思っていました。夫妻や長男もそれぞれ丁寧に描かれていますが、中心は三姉妹です。

三人姉妹

長女イーヴァは深く愛し合っていた婚約者が戦死したので、悲しみを胸に秘めて独身のまま両親の家で暮らし、盲目の弟シドニーの面倒を一手に引き受けています。年齢は三九歳です。生来控え目で心優しい女性であり、我がままになりがちな弟を辛抱強く世話しています。一家をよく訪ねてくる、四〇歳のコリーという元英国海軍将校に好意を抱いています。彼は駆逐艦の艦長として活躍し、殊勲賞とフランスのレジョン・ドヌール勲章を受けています。終戦になり海軍を除隊した際に受けた一時金で、自動車修理工場をアーズレイ家の近所で始め、一家に出入りし、姉妹とテニスやトランプを通じての交友を楽しんできました。人柄がよく一家と親しくなりました。しかし金銭に疎くて経営は不振になり、最近は借金を重ね、遂に不渡り小切手を出すような事態になります。アーズレイ弁護士の助言も役に立たず、今は債権者からの訴えで逮捕されそうな情況に追い込まれています。

　それを知ったイーヴァは、コリーを救おうとして、自分が名付け親から貰った一〇〇〇ポンドを提供しようとします。遠慮する彼に、婚約していれば家族も反対しないとか、淋しい者同士は愛がなくても友情で結ばれてもいいとか、彼に自分に求婚するように促します。この時代の控え目なイギリス上層中産階級の女性としては、驚くほど大胆に男に迫ります。財政的な支援が喉から手がでるほど欲しいコリーですが、相手の好意に感謝しつつも、愛の対象として受け入れる気がなく、ただただ礼儀正しく断るしかありません。この二人の場面は真実味があって印象に残ります。

　この場面の後、万策尽きたコリーは、海軍での功績を誇り、自尊心もあるため、逮捕の屈辱に耐えかねて自殺します。これを知ったイーヴァは絶望のあまり、錯乱状態に陥ります。父がコリーを殺したも同然だと責めたり、家でいつも自分が犠牲になるのはうんざりだと叫んだり、コリーと密かに婚約していたと偽ったりし始めます。最後には精神を病むに至ります。

次女のエセルは目鼻立ちの整った、上品な落ち着いた三五歳の女性です。一五年前の戦争中に、将校として恰好がよく快活なハワードと相思相愛になって結婚し二人の子供もいます。しかし彼は小作人だったので、身分違いの結婚であり、戦後除隊した彼と、農民として暮らし始めると、その差が露呈してきます。言葉遣い、生活態度、風俗習慣など、労働階級と上層中流階級とは二段階も違うので、彼女は困惑し内面では悩むのですが、プライドが高くて、親きょうだいには幸福を装っています。一方、ハワードも妻が淑女であるので窮屈に感じ、魅力的で開放的な義妹ロイスを誘惑したり、酒に溺れたりします。

三女のロイスは際立って美しく、賢く、物に拘らぬ明朗な性格で、非常に活発で、実際は二六歳ですが、二〇歳にしか見えません。未婚であるのは、戦争で田舎の土地に相手にふさわしい男性が存在しなかったからです。一時的にこの土地の邸を借りて暮らしている、裕福な五〇代のシダー夫妻がいます。実業家だった夫のウィルフレッドは、陽気で女好きの、でっぷりした中年男。まだまだ人生を楽しもうと意気軒昂です。この男が、ロイスに魅了され、純情と言えぬこともないような形で彼女に尽くします（一九六六年に劇団民藝がこの劇を初演した時、ウィルフレッド役は芦田伸介で、芦田のような世間ずれして、魅力ある中年男がぞっこん恋に陥る相手の女優は、よほど魅力的でないと観客が納得しないと演出の宇野重吉が判断して、当時飛びぬけた美しさで評判であり、映画から舞台への転身を模索していた有馬稲子に白羽の矢を立てたそうです。それが功を奏して、全国で続演されました）。

しかしロイスは、愛情を覚えぬ年配の男から、妻を離婚した後で結婚するからと言われ、いくら高価な真珠の首飾りなどの贈物をもらっても、気持は動きません。しかし、二人の姉の現状、エセルは慣れない農家の仕事で疲れ果て身分違いの結婚を悔いて不幸だし、イーヴァはコリーの自殺に絶望して取り乱す。それらの姿を目撃すると、自分の将来に不安を募らせて、裕福なウィルフレッドとの駆け落ちを決心します。

妹の決心を知ったエセルは、男に愛情を抱いてのことかと問い、ロイスが「もし愛していたら、駆け落ちなんかするものですか！」と答えると、愕然とします。保守的なエセルには、妹の行為が一種の売春だと思えるのです。棄てられたらと心配する姉に、男が女に夢中で、女が少しも愛していない場合、女は小指一本で男を操れると言い返します。

姉妹以外の登場人物について

姉妹の両親はどういう人物でしょうか。姉妹以外でモームがもっとも力をこめて描いているのは、アーズレイ夫人です。賢くて包容力があり、仕事以外では能天気な夫、盲目のために皮肉屋になっている長男、いつもは我慢強いのに最後に堪忍袋の緒がきれた長女、結婚の失敗を隠す次女たちを、賢明に寛大に、時に厳しく扱う態度は、幼くして母を亡くしたモームの抱く理想の母親でしょう。『聖火』のタブレット夫人と共通するところが多いです。ロイスの中年男との駆け落ちを知った時の夫人の態度を見てみましょう。夫人の弟で医師のプレンティスが度々訪れているので分かるように、彼女は重い病気、おそらくどこかの癌を患っています。手術を拒否すれば数ヵ月の命かもしれない身なのです。家族の中でただ一人母の病状を知るシドニーが、ロイスの駆け落ちを止めさせるために、病状を話せばよいと提案します。すると夫人は、ロイスは自分で自分の面倒を見る能力がある、その子が考え抜いて決めたことを、間もなくこの世を去る者が邪魔すべきでない、と答えます。また自分が手術を拒否する理由も、極めて理性的であり、家族の経済的な負担の大きさと、手術の助けで延びるだろう数ヵ月の寿命とを較べて冷静に判断したからです。

一方、アーズレイは能天気なほど楽観的で、戦争についても、政府の方針の正否を考えるようなことはありません。もしまた戦争が始まれば、従軍は無理だが何らかの方法で協力すると公言します。父が戦傷者を国家に尽くしたので立派だ、と言うのを聞いたシドニーはこう反論します。

戦傷者は国を牛耳っている無能な愚か者に騙されたのだと信じている。奴らの虚栄心や強欲や愚かさの犠牲にされたと信じている。僕の目から見て一番けしからぬのは、奴らが何一つ学ばなかったことだ。今でも以前同様に虚栄心が強く、強欲で愚かしい。でたらめの政治を続け、そのうちにまたぞろ戦争に突入するに決まっている。もしそんな事態になったら、僕はどうするか決まっているんだ。街頭に立って、大声で訴えてやる。「僕を見てください。騙されてはなりません。政治家共が名誉だの愛国心だの栄光だのと言っているのはすべて嘘八百のでたらめです。でたらめ、でたらめ、でたらめだ」

シドニーは戦争のお蔭で盲目になったので、このような発言をするわけですが、実は、これはモームの戦争反対の気持を色濃く反映したものなのです。なお、シドニーがイーヴァのノイローゼについて、「男が欲しいだけさ」などと言っているのは、この時代では性愛についての露骨すぎる発言でしたが、これも作者自身の考えでした。

モームが訴えたかったこと

年譜でも分かるように、モームは第一次大戦が一九一四年七月に勃発した三ヵ月後に医師免許を生かして野戦病院隊入りを志願してフランス戦線に送られています。戦争の生の姿を見ているのです。そして戦後、戦争には反対の立場を取るようになりました。シドニーの主張はモーム自身のものでもあります。

この劇の上演に際してインタビューを受け、その記録が残っているのです。『デイリー・エックスプレス』紙（一九三二年一一月三日付）に載った「なぜモーム氏はそれを書いたか」という記事に以下の発言が引用されています。

私は大陸で暮らしていて気づくのですが、いまヨーロッパの国々はどこも軍備増強に夢中になっていて、その傾向は日ごとに増すばかりです。それでこの劇を書きました。つまり今日の若者が、差し迫っているように思える戦争で戦死したり、あるいは生涯の五年間を無駄にすることがないようにと願って書いたのです。

モームは新聞や雑誌でインタビューを受ける機会が多かった作家ですが、率直に語ることは少なく、むしろレポーターを煙に巻くのが得意です。しかしこの時は違いました。本音だと思います。

一一月一日に上演されると、作者の意図を的確に受け止めて、その成功を称える劇評が一流の批評家から出ました。「イプセン以後の最大の作品」、「世界に誇りうるイギリス演劇の傑作」、「イギリス人誰もが喜び、恐怖、誇りを持って見るべき偉大な劇」など。もちろん、反戦的で非愛国的だという批判もありましたが。出演者はラルフ・リチャードソン、フロラ・ロブソンなどのベテラン揃いでしたから、モームは長く上演されるものと期待しました。けれども観客の受けは作者をひどく落胆させることになりました。ロンドンでは二ヵ月ももたなかったのです。ニューヨークでの上演は三週間という有様でした。

ウエストエンドの劇場に来るような中上流階級の観客は、戦争が終わって十数年たち、暗い思い出を忘れかけてきた時期に、楽しい観劇後に微笑を浮かべて帰路に就くことのできない芝居には背を向けたのです。何しろ、この劇の最後では、イーヴァのノイローゼが嵩じ、異様に目を輝かせ、問題の真珠を妹から貰い、一張羅を着て嗄れ声でイギリス国歌を歌い出すところで幕が下りるのです。能天気な父親以外は、登場人物全員が引きつった顔でイーヴァを見つめています。強いインパクトのある場面ですから、観客が巻き込まれてしまうのは無理ありません。

その後、一〇年足らずの中に第二次大戦が勃発したのですから、モームの先見の明に感心します。劇としての完成度と盛り込まれた反戦思想は当然認められるべきです。事実、第二次大戦が終わった直後の反戦、平和を是とする雰囲気の中で直ぐに復活し好評を得ました。その後も一九七九年に英国国立劇場での再演をはじめ、今日に至るまで数年に一回はイギリス各地で復活上演されています。関心のある方は、ネットで原題を検索してみると、上演される度に、「何十年も前に書かれたのに、古臭くない」というような劇評を読むことができます。

今日的な意味

世界情勢が不安定で、またぞろ大戦の不安が渦巻いている現在、引用したシドニーの訴えは、世界中の人にも身近なものに感じられると思います。世界のどこかで再演されれば、時宜にかなっているとして、共鳴する観客が多くいるのではないでしょうか。

日本での上演については、既に述べたように、劇団民藝が一九六六年に宇野重吉演出・木下順二訳で日本各地で成功裏に行いました。

『働き手』について

『働き手』は、モームの三〇点以上に及ぶ劇作の最後から三番目、問題劇の中で二番目で喜劇です。喜劇としては最終作品になります。一九三〇年に執筆され、同年九月にロンドンのヴォードヴィル劇場で初めて上演されました。

劇の主題

小説『月と六ペンス』の主人公のストリックランドと同じ株式仲買人として成功を収めていた中年男が、ある日突然自分が心からしたい事をやるためと称して、仕事と家族を棄てるという話です。気取った妻との結婚から逃れる話でもあります。イプセンの『人形の家』では目覚めた妻が身勝手な夫との結婚を破棄するのですが、モームの劇ではその逆です。モームの短編に「ロータス・イーター」という作品があり、その冒頭を引用します。

大抵の人は、事実大多数の人は、境遇のために余儀なくされた人生を送る。自分が四角い穴に押し込まれた丸い釘だと思って、不満をいだき、事情が違っていたら、もっと成功できたものをと考える人もいないではないが、大多数は自分の運命を、明るくとまではいかないが、まあ仕方ないと受け入れている。こういう人は、いつまでもいつまでも同じ線路を往復する路面電車に似ている。往っては帰り、帰っては往くを繰り返すしかなく、その挙句、動かなくなれば、屑鉄として売られるだけである。それとは逆に、自分の人生行路を大胆にも自分の手で定めた人は滅多にいない。もしそのような人が見つかれば、よく観察してみるだけの価値がある。

『働き手』の主人公チャールズ・バットルはまさにこの「大胆な人」です。当然、家族をはじめ周囲から猛反対に遭い、動機を誤解され、無責任だと非難されます。チャールズの決断が平凡な一家に巻き起こす混乱を喜劇的に描いた作品だと言えます。

一幕の喜劇であるこの芝居は、まず主人公の裕福な邸での一〇代の息子と娘たちのテニスの試合、談笑から始まります。チャールズの長女ジュディーと長男パトリックが冗談を交わしながら、テニスをする相手を待っています。間もなく、親類のグレンジャー家の長女ダイアナと長男ティモシーが登場。四人とも裕福な高校生、大学生で、贅沢な生活に慣れきっていて、話題は両家にあるテニスコートをグラスコートからハードコートに変えるべきだとか、大学生になったから車が欲しいとか、であり、親は自分たち子供のお蔭で生き甲斐を得ているのだから、子供のためには金を惜しまず使うべきだと主張します。とりわけ、秋からケンブリッジ大に入学するパトリックは、全ての親は四〇歳になったら、子供に地位財産を譲るのがあるべき社会の在り方だと、したり顔で唱えます。第一次大戦の影響で自信を失い、価値観が動揺した世代からの悪影響について、「僕らはずっと意気消沈とか不安感とかの雰囲気の中で育った。もちろんその影響があって、僕らは生命力を奪われた。大人は世界を台無しにし、しかも、それを立て直そうとする僕らの力まで奪った」というのがこの若者の言い分です。

日本でも第二次大戦後に、敗戦で全てに自信を喪失した親に育てられた若者たちが、従来の慣習、道徳を無視して身勝手な発言や行動をする「アプレゲール」と呼ばれ、社会問題になりました。パトリックたちはそれと同じです。作者は基本的に大人の立場に立ち若者たちの言動を揶揄し、生き生きとコミカルに描いています。

妻たちの夫批判

チャールズは、この子供たちとの親子関係の絆を切ろうとするわけですが、婚姻関係の絆からも自由になろうとします。舞台では子供らがテニスコートに行こうとした時、その母親、チャールズの美しい妻マージェリーとその従姉の色っぽいドロシーが登場します。マージェリーが昨夜の宴会の席で男に言い寄られていたので、目撃していたドロシーが、今後男とどこまで深く付き合う気かを尋ねます。二人とも夫を「働き手」としてのみ考えていて関心を持たず、もっぱら自分らの男友達や贅沢な生活に夢中です。マージェリーは美術や音楽に造詣が深い自分と違い、夫は仕事人で美を理解せず、一般的な教養に欠け、おまけにユーモア感覚がまるでないとドロシーに不満を打ち明けます。そしてもう愛していない夫が、自分を未だに愛していると安心しきっています。

主人公の決意

こういう若者たちと妻たちを仰天させることになるのが、チャールズの突然の変化というわけです。まず、チャールズがロンドンのシティーに行った筈なのに、行方不明になります。その時点で、あるクライアントの自殺が原因で彼の会社が破産に追い込まれているという事情が明かされ、彼が絶望して自殺したとか、事故で病院に運ばれたとか、大騒ぎになります。ドロシーの夫が問い合わせて、チャールズが昨夜、有力な財界人からの融資の約束を取り付けることに成功し、破産を免れたと知り、一同安堵の溜息をついている場面にチャールズが落ちついた様子で登場。

不可解な行動の説明を求められたチャールズは、

どうにか嵐を切り抜けた。だから今後も死ぬまで、これまで十二年間やってきたのと同じく、地下鉄で会社に行き、市場をしらべ、株の売り買いをやって行くことが可能になった。ところが、突然、破産は生命と自由を意味するような気がした。逆に、シティーに急ぐ乗客を乗せる地下鉄は束縛と死を意味するように思えたのだ。

と述べ、彼としてはこれで十分な説明だと思ったのですが、聞く者は誰ひとり納得しません。妻は、それは神経過敏になっているだけで、戦争を経験した者なら誰でもそうなるものであり、仕事に精をだせば、治るものだと言います。誰も彼の決心が堅いものだと気付きません。そこで、チャールズは証券取引所での取引停止の宣告を受ける場面を活写してみせます。とても迫力ある描写です。しかし、誰もチャールズ自身の会社がその厳しい宣告を受けたのだとは思いません。宣言を回避できる小切手を持っていたのに、敢えて避けなかった、と判明すると、家族は一斉に親として、夫としての責任回避に激しく抗議します。そこで、チャールズは、決意の強さを示すために、「地位と世間体の象徴だ」として、自分のシルクハットを床に叩きつけ、踏みつけて、蹴飛ばします。

翻意させるための試み

この乱暴な行為で彼の決意の堅さをようやく認識した家族が、翻意させるべく行う様々な努力が喜劇的に描かれます。まずパトリックは、子供がいたお蔭で親の人生に生き甲斐が生じた筈なのに、その子供を捨てることに抗議します。これに対してチャールズは反論します。

つまらぬことを、ああでもない、こうでもないとぺちゃくちゃ喋っている。自分らの主張だけを聞き、他人の言うことには耳を傾けない。それから、自分自身のことを過大評価しすぎる。何も知りもしないくせに、口をつぐむという常識もない。周知の事実を、世紀の大発見でもしたかのように喋る。くそまじめだ。自己満足だ。独断的だ。愚かだ。唯一の弁明は、まだ若いからというだけ。まあ、辛抱して相手をするがね。だが、大人が君たちを面白いと思っていると勘違いしてはいけない。耐え難いほど退屈しているのだよ。

思い上がっていたパトリックは、退屈だと言われた経験がなかったようで、ショックを受けます。

モームはこの劇で、若い世代の世間知らずを揶揄しようという気持があり、ドロシーの娘ダイアナがチャールズの家出について行くと言い出す場面を描きます。チャールズが、自分と一緒だと贅沢な生活ができないから嫌だろうと言って断ると、彼女は、自分には大金を得るいい案があると言い出します。聞くと美人局《つつもたせ》です。あたかも自分が考え出した名案だと信じこんでいますが、チャールズは「映画などでは成功するね。でも現実には刑務所行きだ」の一言で退けます。

肝心の妻マージェリーは、自分より劣っていると思い込んでいた夫に捨てられそうだというので、狼狽して、まだ成人していない子供の養育義務を果たすべきだと説いたり、自分はあなたを本心から愛していると言ってみたりします。チャールズが「いや、本当ではない。人が恋心と呼ぶ魂の憧れを仮に君がわたしに抱いているとしたら、君と別れる勇気はわたしにはないと思うよ」と冷静に答えると、反論できません。

マージェリー批判

この夫婦の口論には、モーム自身がこの劇執筆の一年前に離婚した妻シリーとの間で繰り返されたものの影響がありましょう。シリーは著名な室内装飾家であり、マージェリーが自分は夫の生活を美で囲んだが、無駄だったというのは、シリーの口癖だった可能性が高いのです。モーム伝で伝えられているモームとシリーの喧嘩で、モームがシリーのことを非難する際に持ち出す、思い上がり、気取り、愛情の欠如など、すべてマージェリーの中に見出されるようです。この劇の執筆で、モームは胸が晴れる思いをしたと推察できます。

こうしてチャールズは、家族が生活していくだけの金を残して出てゆくのです。僅かしか持ってゆかぬ荷物に、ジュディーは燕尾服を入れます。要らない、という父に「いつ要るようになるか分からないじゃない！　ボーイになることもあるかも？」と言い、チャールズも、よく気が付く娘だと感心します。

実際、彼はとりあえず外国に行くというだけで、今後どうするのか、あるいはどうなるのか、作者はヒントすら与えず、幕が下ります。

作品への反応

観客の受けはほどほどでしたが、あるセリフのお蔭で五ヵ月の続演が可能になりました。それで、「(四つの問題劇の中で) 最初の二つは、意外にも成功だった」と作者が述べているのです。第二場でパトリックが、もし破産したら妹のジュディーが売春して食ってゆくしかないと言ったのに対して、妹が「戦争以来、素人が玄人の仕事をすっかり奪ったこと知らないの？　今じゃ、売春で食べて行くのは、素人の若い女には無理よ」と答えたのです。ある劇評家が、このセリフを言わされた若い女優は舞台で赤面していたと報告しました。これが穏当でないというので、演劇や演劇の監督権を持つ宮内長官が調べにきたのです。もっとも長官が来る日までに、このセリフは削除されていましたが、このセリフで劇が話題になり、観客が増えたのは確かです。

日本では、一九八八年一〇月に劇団東演で、『THE BREADWINNER』の題名で原孝演出・久保田重芳訳で上演されています。日本ではこの時だけのようですが、英米では今世紀に入ってからでも、ロンドンとニューヨークで上演され、常にある程度の評判を得ています。翻訳としては日本モーム協会員の宮川誠氏が『わが家の稼ぎ手』という題名で、よく吟味した、こなれた訳文で協会のフェイスブックで公開しています。

問題劇の翻訳

私事になりますが、私がモームの劇作を読み始めたのは、大学四年から大学院生の頃でした。最初は有名な風俗喜劇の『ひとめぐり』や『おえら方』を読んでいましたが、最後に問題劇に及んで、強く関心をそそられました。私がモームの全作品中で最も高く評価し大好きでもある長編『人間の絆』に通じる真面目さが気に入ったのです。

大学で英語を教えるようになり、教科書として出ていた『報いられたもの』と『働き手』を教室で使用しました。いずれも私が個人的に非常にお世話になった朱牟田夏雄と北川悌二両教授の労作で、今回の翻訳にも身近な気安さで活用させて頂きました。さらに『聖火』を北川教授と共同で注釈をつけ教科書として出したこともありました。職業的に翻訳をするようになってから、『聖火』の翻訳原稿を作り、それが昨年この文庫で出ました。今回、『聖火』に次ぐ問題劇の秀作二点を当文庫で出すことが可能になり嬉しく思います。この二作を初めて読んだ時から半世紀経っていますが、当時と同じく、今も興味深く読める作品を書いたモームに感謝し、敬意を表したい気持です。

前回同様、松沢賢二氏には企画から刊行に至る全過程でサポートして頂き、翻訳文の細部について有益な助言をいくつも頂きました。ロンドンの証券取引所、取引不履行宣言に関しては、かつて野村証券にいらしたモーム協会員の沖津正恒氏から詳細な教示を得て正確を期すことができました。またいつも通り、妻恵美子からの文章表現に関する助言も有益でした。

以上の方々に深く感謝します。

二〇一八年一月一〇日

年譜

モーム

一八七四年
一月二五日、パリで生まれる。ヴィクトリア女王の時代。首相はディズレーリ。父ロバートは在仏英国大使館の顧問弁護士、母イーディスは軍人の娘だった。ウィリアム・サマセット・モームは四人兄弟の末っ子で、いたずらっ子だった。後に大法官となった次兄とは、生涯不和だった。

一八八二年（八歳）
最愛の母が四一歳で肺結核で死亡。優しく美しかった母を失った悲しみは生涯消えなかった。

一八八四年（一〇歳）
父が六一歳で胃がんで死亡。このため、イギリスのケント州の牧師である父の弟夫妻に引き取られた。カンタベリーのキングズ・スクール付属の小学校に入学。子供のいない厳格な牧師の家庭に入り、孤独と不幸を感じる。この頃から生涯悩まされる吃音が始まる。

一八八五年（一一歳）
キングズ・スクール入学。吃音とフランス訛りのために、学校でいじめにあい、内向的な、自意識の強い少年になって行く。しかし中等部から高等部に進学すると勉強で抜きんでてきて、教師にも級友にも認められ友人も出来る。

一八八八年（一四歳）
冬に肺結核に感染していると分かり、一学期休んで南仏に転地療養。何にも束縛されない楽しい青春の日々を送る。
一八八九年（一五歳）
春、健康になって帰国、復学。叔父はオックスフォードに進学し聖職につく道を勧めるが、父の遺産があるので、キングズ・スクールを退学してしまう。
一八九〇年（一六歳）
前年の冬から南仏を再訪し春に帰国。間もなく、ドイツ生まれの叔母の縁でハイデルベルクに遊学。青春の楽しい日々を満喫。当地の大学の聴講生になり、各地からの学生と交際する。絵画、文学、演劇などを鑑賞し、議論を交わす。演劇ではイプセン、音楽ではヴァーグナーに心酔する。ショーペンハウアーの講義から影響を受ける。キリスト教の信仰から解放される。私生活では、慕っていた年長の青年ブルックスと同性愛の経験をする。
一八九二年（一八歳）
作家志望を秘めて帰国したが、叔父の勧めでロンドンの法律事務所で会計士見習いとして二ヵ月働く。その後ロンドンの聖トマス病院付属医学校に入学し、医師を目指す。最初の二年間は怠けて、作家としての勉強に熱をいれたが、三年生になり外来患者係のインターンとなってからは、医師の仕事に興味を感じ出す。虚飾を剝いだ赤裸々な人間の観察の機会を得たからで、人間を自然法則に支配される一個の生物とみる傾向が彼に強いのは、医学生としての経験の影響であろう。
一八九四年（二〇歳）
復活祭の休日にイタリアにブルックスを訪ね、初めてイタリア各地を旅行。
一八九五年（二一歳）
初めてカプリを訪ね、その後もしばしば同地に行く。当時同性愛者の聖地とされていた同地から意気軒昂として帰国。時代の寵児だったオスカー・ワイルドが同性愛の罪で投獄されたと知り、自分の同性愛の傾向は世間から隠して行かねばならぬと固く決心する。

一八九六年（二二歳）

イプセンの影響下で数点の一幕物の劇を執筆。『作家の手帳』のこの年の項には、「僕は一人でさまよい歩く。果てしなく自問を繰り返しながら。人生の意義とは何か？　人生には目的があるのか？　道徳というものはあるのか？」などの記述がある。

一八九七年（二三歳）

処女作、長編『ランベスのライザ』出版。医学生としての見聞をもとに貧民街の人気娘の恋を自然主義的な筆致で活写する。医師の免状を得たが、処女作の成功に自信を得て、文学で身を立てようと決心。スペインを旅行しアンダルシア地方に滞在、その後もしばしば訪ねる。

一八九八年（二四歳）

長編『ある聖者の半生』出版。歴史小説。『スティーヴン・ケアリの芸術的気質』執筆。これは『人間の絆』の原型。スペイン、イタリア旅行。

一八九九年（二五歳）

短編集『定位』出版。劇『探険家』執筆。

一九〇一年（二七歳）

長編『英雄』出版。

一九〇二年（二八歳）

長編『クラドック夫人』出版。夫婦の葛藤を描いた作品。

一九〇三年（二九歳）

二月に一八九八年に書いた四幕物の劇『高潔な人』出版。実験劇場の舞台協会で上演され、一部の識者からは評価されたものの二回しか上演されなかった。『パンと魚』と『フレデリック夫人』の喜劇二作を執筆したが、上演に至らなかった。

一九〇四年（三〇歳）
長編『回転木馬』出版。手法上の工夫をした自信作でよい書評も出たが、売れ行きは悪かった。笑劇『ドット夫人』執筆。

一九〇五年（三一歳）
二月、パリに行き、長期滞在。モンパルナスのアパートに住み、芸術家志望の若者と交友し、ボヘミアンの生活を知る。この時の経験は『人間の絆』に生かされることになる。旅行記『聖母の国』出版。アンダルシアへの旅の産物。

一九〇六年（三二歳）
ギリシャとエジプトに旅行。四月、『お菓子とビール』のロウジーの原型となる女優スーと知り合い、親密な関係が八年間続く。心から愛した唯一の女性と言われる。長編『監督の前垂れ』出版。

一九〇七年（三三歳）
一〇月、『フレデリック夫人』がロンドンのロイヤル・コート劇場でほんのつなぎで上演され、意外に大成功を収め、四〇〇回以上のロングランとなる。「成功の価値は、経済的な煩いから僕を解放してくれたことだ。貧乏はいやだった」と『作家の手帳』にある。劇『ジャック・ストロー』執筆。

一九〇八年（三四歳）
三月、『ジャック・ストロー』、四月、『ドット夫人』、六月、『探険家』が上演され、『フレデリック夫人』と合わせて、同時に四つの劇がロンドンの大劇場の脚光を浴びる。社交界の人気者となり、同い年のウィンストン・チャーチルとも友人となる。求めていた富も名声も得たが、商業的な成功のため高踏的な批評家からは通俗作家と見られることになる。長編『探険家』、長編『魔術師』出版。

一九〇九年（三五歳）
四月、イタリア訪問。劇『ペネロペ』、劇『スミス』上演。

一九一〇年（三六歳）
二月、劇『十人目の男』、劇『地主』上演。
一〇月、『フレデリック夫人』などいくつもの劇が上演されていたアメリカを初めて訪問し、名士として歓迎される。
一九一一年（三七歳）
二月、『パンと魚』上演。
一九一二年（三八歳）
劇場の支配人がしきりに契約したがるのを断り、長編『人間の絆』を書き始める。過去の思い出に悩まされ、これを清算しないと一歩も前進できないと感じてのことだ。
一九一三年（三九歳）
冬にスーに求婚して断られる。その前後に離婚訴訟中のロンドン社交界の花形シリー・ウェルカムと知り合う。クリスマスにニューヨークで劇『約束の土地』上演。
一九一四年（四〇歳）
二月、『約束の土地』がロンドンでも上演。スーに拒否された反動でシリーと深い関係になる。『人間の絆』脱稿。七月、第一次世界大戦が勃発し、一〇月に野戦病院隊に志願してフランス戦線に送られる。ここで長年にわたって秘書兼パートナーとなるアメリカ青年ジェラルド・ハックストンと知り合う。野戦病院隊から情報部勤務に転じ、ジュネーヴを本拠に諜報活動に従事する。
一九一五年（四一歳）
『人間の絆』出版。作者自身の精神形成の跡を克明にたどった作品で、二〇世紀のイギリス小説の傑作の一つ。大戦中に刊行されたのであまり評判を呼ばなかったが、アメリカでドライサーが激賞した。シリーとの間に子が誕生し、処女作のヒロインにちなんでライザと名付けた。諜報活動を続ける一方、劇『手の届かぬもの』、劇『おえら方』執筆。
一九一六年（四二歳）
二月、『手の届かぬもの』上演。スイスでの諜報活動で健康を害し、静養も兼ねてアメリカに赴き、ハックストンと合流して、南海の島々を旅する。タヒチ島では『月と六ペンス』の材料を集める。シャイなモームのために交際上手のハックストンが取材を助ける。

一九一七年（四三歳）
三月、ニューヨークで『おえら方』上演。アメリカ人を風刺したため観客の怒りを買ったが、評判となり、興行的には大成功。五月、シリーと結婚。結果的にみると同性愛を世間から隠すためであった。秘密の使命を帯びて革命下のロシアに潜入。愛読するトルストイ、ドストエフスキー、チェーホフの国に滞在する魅力に引かれて、病軀を押して出かける。肺結核が悪化し、一一月から数ヵ月、スコットランドのサナトリウムに入院。

一九一八年（四四歳）
入院中に劇『家庭と美人』執筆開始。退院後、南英サリー州の邸でシリーとライザと暮らし、この間に『月と六ペンス』を書き進める。一一月に再入院し、ここで終戦を知る。

一九一九年（四五歳）
春に退院。二回目の東方旅行に出る。アメリカのシカゴと中西部を訪ねてから、カリフォルニアに行き、そこからハワイ、サモア、マレー半島、中国、ジャワなどを旅する。ゴーギャンが最後に住んだマルケサス諸島のラ・ドミニカ島で取材し、帰国後『月と六ペンス』を完成し出版。ゴーギャンを思わせるデーモンに取り憑かれた天才画家の話を一人称で物語ったもので、ベストセラーになり、各国語に翻訳される。これが切っ掛けとなり、『人間の絆』も広く読まれ出す。三月、『シーザーの妻』、八月、『家庭と美人』上演。後者はアメリカ上演では『夫が多すぎて』という題名になった。

一九二〇年（四六歳）
八月、『未知のもの』上演。中国に旅行。

一九二一年（四七歳）
短編集『木の葉のそよぎ』出版。「雨」、「赤毛」など六編を収録。一九一六年の南海旅行の産物。三月、『ひとめぐり』上演。上演回数一八〇回を超える大成功。この年から一〇年間、極東、アメリカ、近東、ヨーロッパ諸国、北アフリカなどを次々に旅行する。
一九二二年（四八歳）
旅行記『中国の屏風』出版。『スエズの東』上演。いずれも中国旅行の産物。翌年にかけてボルネオ、マレー半島を訪ね、ボルネオの川で高潮に襲われ、ハックストンに助けられて、九死に一生を得る。
一九二三年（四九歳）
ロンドンで『おえら方』上演。五〇〇回を超えるロングランとなる。『ひとめぐり』と共に二〇世紀における風俗喜劇の代表作。
一九二五年（五一歳）
長編『五彩のヴェール』出版。姦通物語だが、ヒロインの成長も見られる。
一九二六年（五二歳）
短編集『キャジュアリーナの木』出版。「奥地駐屯所」、「手紙」など六編を収録。一一月、劇『貞淑な妻』上演。南仏リヴィエラのフェラ岬（Cap Ferrat）に豪邸を購入し、「モレスク邸」と称する。以後、戦争中を除き、最期まで住まいとして暮らし、ウィンザー公夫妻、チャーチル、ジャン・コクトー、H・G・ウェルズなど多くの名士を招待した。
一九二七年（五三歳）
二月、『手紙』上演。シリーとの離婚の手続き開始。正式に認められるのは二年後。室内装飾で著名だった彼女は、その後も仕事を続け、一九五五年に亡くなった。
一九二八年（五四歳）
短編集『アシェンデン』出版。諜報活動の経験をもとにした一六編を収録。一一月、『聖火』ニューヨークで上演。好評ではなかった。

一九二九年（五五歳）
二月、『聖火』ロンドンで上演。人気女優グラディス・クーパーの名演技もあって大成功。

一九三〇年（五六歳）
旅行記『一等室の紳士』出版。ボルネオ、マレー半島旅行記。長編『お菓子とビール』出版。一種の文壇小説で、現在の話に過去の挿話を挟む語り口が巧みで、円熟期の傑作。作中の小説家がハーディを歪めた姿だとして非難される。モーム自身は自作中で一番すきだと言う。九月、『働き手』上演。

一九三一年（五七歳）
短編集『一人称単数』出版。「変わり種」、「ジェーン」など六編を収録。

一九三二年（五八歳）
長編『片隅の人生』出版。海を背景にした小説で、人生の無常さを意識する医師の視点から描かれている。一一月、『報いられたもの』上演。

一九三三年（五九歳）
短編集『阿慶《アー・キン》』出版。「怒りの器」、「書物袋」など六編を収録。九月、『シェピー』上演。この劇を最後に劇壇と決別。四半世紀にわたって三〇点以上の劇を発表したことになる。スペインに絵画を見に行く。

一九三五年（六一歳）
旅行記『ドン・フェルナンド』出版。たんなる紀行文でなく、スペイン黄金時代の聖人、文人、画家、神秘思想家などの生涯と業績を縦横に論じたエッセイ。モームのスペイン愛の産物。山本修二編注『おえら方、ひとめぐり』が研究社版現代英文学叢書の一冊として出版。原書の翻刻・解説・注釈という形であるが、日本でのもっとも早いモーム紹介。

一九三六年（六二歳）

一人娘ライザの結婚式に出席のため、南仏からロンドンに出る。お祝いに娘夫妻に家を贈る。短編集『コスモポリタンズ』出版。「物知り博士」、「詩人」、「蟻とキリギリス」など非常に短い作品二九編を収録。

一九三七年（六三歳）

長編『劇場』出版。中年女優の愛欲を巧みな心理描写で描いたもの。一二月、インド旅行。『作家の手帳』の翌年の項にインドの聖人、ヨガ行者の記述が多くある。

一九三八年（六四歳）

自伝的随想『サミング・アップ』出版。六四歳で亡くなる人が多いといって、自分の生涯を締めくくる気持で、人生や文学について思う所を率直に語った興味深い随想。モーム理解に不可欠の書。

一九三九年（六五歳）

長編『クリスマスの休暇』出版。イギリスの良家の青年がパリでの休暇の経験で人生、人間の深さに目覚めるという話。編著『世界文学一〇〇選』出版。九月、第二次世界大戦勃発。英国情報省の依頼で戦時下のフランス視察に行く。

一九四〇年（六六歳）

評論『読書案内』出版。短編集『処方は前に同じ』出版。「人生の実相」、「ロータス・イーター」など一〇編を収録。六月、パリ陥落の報を聞き、付近の避難民と共にカンヌから石炭船で三週間かけてイギリスに到着。一〇月、英国情報省から宣伝と親善の使命を受け、飛行機でリスボン経由でニューヨークに向かう。結局、一九四六年までアメリカに滞在することになる。中野好夫訳で『雨　他二篇』（岩波文庫）が一月に、同氏訳で『月と六ペンス』（中央公論社）が八月に出版。日本での最初のモームの翻訳である。せっかく始まったモーム紹介は戦争で数年中断されるが、戦後に華々しく再開されることになる。

一九四一年（六七歳）
中編『山荘にて』出版。自伝『内緒の話』出版。第二次世界大戦前後の自分の動静を記す。
一九四二年（六八歳）
長編『夜明け前のひととき』出版。
一九四四年（七〇歳）
長編『かみそりの刃』出版。久し振りにベストセラーになる。戦争での体験を通じて人生の意義に疑問を抱いたアメリカ青年が、インドの神秘思想に救いを見出す話。端役の俗物の風刺的な人物像が光っている。一九三七年末から翌年にかけてのインド旅行での経験が生かされている。飲酒その他で性格が破綻していたハックストンが死亡し、モームは一時途方に暮れる。
一九四五年（七一歳）
アラン・サールが新しい秘書兼パートナーとなる。
一九四六年（七二歳）
長編『昔も今も』出版。マキャヴェリをモデルにした歴史小説。終戦になりフェラ岬に戻るが、モレスク邸は、戦時中ドイツ兵に占拠され英軍の攻撃にあい、後に英米軍が駐屯したため大修理を要した。
一九四七年（七三歳）
短編集『環境の動物』出版。「大佐の奥方」、「サナトリウム」など一五編を収録。
一九四八年（七四歳）
長編『カタリーナ』出版。一六世紀のスペインを舞台にする歴史小説。最後の小説である。評論『大小説家とその小説』出版。シナリオ『四重奏』出版。「凧」、「大佐の奥方」など四つの短編のオムニバス映画の台本。
一九四九年（七五歳）
『作家の手帳』出版。若い頃からの覚え書きを年代順に編集したもので、人生論、世界の各地で目撃した風物や人物の感想、創作のためのメモなど盛りだくさん。『サミング・アップ』のように纏まっているのではないが、モーム研究に必須の文献。
一九五〇年（七六歳）
『人間の絆』の縮刷版をポケットブックの一冊で出す。『ドン・フェルナンド』の改稿新版を出版。シナリオ『三重奏』出版。「サナトリウム」など三作品のオムニバス映画の台本。一二月、三笠書房より『サマセット・モーム選集』刊行開始。最初は中野好夫訳『人間の絆』上巻。この頃からの一〇年間は日本でのモーム・ブームの期間。
一九五一年（七七歳）
シナリオ『アンコール』出版。「冬の船旅」など三つの短編のオムニバス映画の台本。
一九五二年（七八歳）
評論集『人生と文学』出版。「探偵小説の衰退」、「スルバラン論」など六編のエッセイを収録。編著『キプリング散文選集』出版。オランダ旅行。オックスフォード大学から名誉学位を受ける。
一九五四年（八〇歳）
BBCで「八〇年の回顧」と題して思い出を語る。評論『世界の十大小説』出版。以前の『大小説家とその小説』の改訂版。誕生祝いに豪華版『お菓子とビール』が一〇〇〇部限定でハイネマン社から刊行。ロンドンに飛んで、イタリア、スペインを旅行。エリザベス女王と謁見し、名誉勲位を授かる。一〇月、『W・サマセット・モーム全集』全三一巻別巻二が新潮社より刊行開始。最初は中野好夫訳『人間の絆』上巻と龍口直太郎訳『劇場』だった。
一九五七年（八三歳）
楽しい思い出のあるハイデルベルクを再訪。
一九五八年（八四歳）
評論集『視点』出版。「短編小説」、「ある詩人の三つの小説」など五編のエッセイを収録。本書をもって、六〇年に及ぶ作家活動を終えると宣言。
一九五九年（八五歳）
極東方面へ旅行。一一月には来日し、約一ヵ月滞在。対談した中野好夫は、モームは内気で気配りの人だったと述べ、京都での接待役のキング英国文化振興会京都代表は、礼節と親切に感銘を受けたと記した。
一九六〇年（八六歳）
一月、日本モーム協会が発足したが、二年後に活動停止。
一九六一年（八七歳）
エリザベス女王より文学勲爵位を授かる。
一九六二年（八八歳）
『回想記』と題する思い出の記をアメリカの『ショー』という大衆相手の雑誌に連載し、亡くなった妻シリーの悪口などあけすけに述べたので、話題になった。解説付き画集『ただ楽しみのために』出版。
一九六四年（九〇歳）
序文を集めたエッセイ『序文選』出版。
一九六五年（九一歳）
年頭に一時危篤が伝えられ、その後一旦回復するも、一二月一六日未明、南仏ニースのアングロ・アメリカン病院で死亡。
二〇〇六年
六月、日本モーム協会が復活する。

（訳者編）

報《むく》いられたもの／働《はたら》き手《て》

モーム　行方《なめかた》昭《あき》夫《お》　訳

二〇一八年三月九日第一刷発行

発行者——渡瀬昌彦
発行所——株式会社　講談社
東京都文京区音羽2・12・21　〒112-8001
電話　編集（03）5395・3513
販売（03）5395・5817
業務（03）5395・3615

デザイン——菊地信義
印刷——豊国印刷株式会社
製本——株式会社国宝社
本文データ制作——講談社デジタル製作

定価はカバーに表示してあります。

講談社
文芸文庫

ISBN978-4-06-290370-7

講談社文芸文庫

石牟礼道子　解説＝赤坂憲雄　年譜＝渡辺京二

西南役伝説

西南戦争の戦場となった九州中南部で当時の噂や風説を知る古老の声に耳を傾け、庶民のしたたかな眼差しとこの国の「根」の在処を探った、石牟礼文学の代表作。

978-4-06-290371-4　いＲ２

モーム　行方昭夫 訳　解説＝行方昭夫　年譜＝行方昭夫

報いられたもの／働き手

初演時〝世界に誇りうる英国演劇の傑作〟と評された「報いられたもの」と、最後の喜劇「働き手」。〝自らの魂の満足のため〟に書いた、円熟期モームの名作戯曲。

978-4-06-290370-7　モＢ２

群像編集部・編

群像短篇名作選 1946〜1969

敗戦直後に創刊された文芸誌『群像』。その歩みは、「戦後文学」の軌跡にほかならない。七十年余を彩った傑作を三分冊に。第一弾は復興から高度成長期まで。

978-4-06-290372-1　くＫ１